泥做的童年

包利民　著

万卷出版有限责任公司
VOLUMES PUBLISHING COMPANY

ⓒ 包利民 2022

图书在版编目（CIP）数据

泥做的童年 / 包利民著. — 沈阳：万卷出版有限责任公司，
2022.10（2025.4重印）

ISBN 978-7-5470-5528-1

Ⅰ.①泥… Ⅱ.①包… Ⅲ.①散文集－中国－当代

Ⅳ.①I267

中国版本图书馆CIP数据核字（2020）第216100号

出 品 人：王维良
出版发行：万卷出版有限责任公司
　　　　　（地址：沈阳市和平区十一纬路29号　邮编：110003）
印 刷 者：辽宁新华印务有限公司
经 销 者：全国新华书店
幅面尺寸：145mm×210mm
字　　数：200千字
印　　张：8
出版时间：2022年10月第1版
印刷时间：2025年4月第8次印刷
责任编辑：姜佶睿
责任校对：张　莹
封面设计：仙　境
版式设计：徐春迎
ISBN 978-7-5470-5528-1
定　　价：38.00元
联系电话：024-23284090
传　　真：024-23284448

目录

第一辑　花开的方向

第二辑　纸上留香

第三辑 数尽花朵一生香

第五辑　一树樱桃绿映红

第一辑
花开的方向

大地上的风吹过最美的年华，花开的方向，是梦想的终点，也是幸福的归宿。

梦里江南

此生从未去过江南，徘徊于白山黑水之间，那一片烟柳繁华时常摇曳在梦中。看惯了浩荡金风中起舞的白桦林，看惯了莽无边际的林海雪原，在天苍地茫之中，心里就下起了杏花春雨，笼罩了古诗中的四百八十寺。

仿佛展开了一轴画卷，十里莺啼，水村山郭，缓缓绘成了梦里清丽温婉的背景。没有寒冷，没有冰封雪盖，有的只是杨柳微风，杏花红雨，有的好似永远是人间最美的四月天。将脚步放逐于幽深的雨巷，让心轻轻地承载馨香的怅惘。在那样的情景之中，哀愁也变得美丽起来。

江南的女子，该都是亭亭玉立，浅笑低回，驾一叶兰舟，轻舒皓腕，采一朵火红的莲，于时光深处悠悠而来。或人面桃花，倚墙嗅青梅；或秋千院落，裙裾飞扬；或蹙眉深坐，挑尽残灯。千般情态，万种风情，那张微笑的脸，从婉约的宋词深处慢慢地漾上来，直印进我向往的心里。

江南的男儿，该都是满腹才华，风流倜傥，轻摇纸扇，漫步于薄雾轻笼的郊外，或思饮遇艳，或提酒携樽，或登楼作赋，把一片情怀挥洒于山水之中。他们的诗词歌赋，让江南的历史承载了太多眷眷的深情。让远在天涯的我，于书卷的清芬中神飞千里。

江南的才子佳人，男儿的才思，女子的多情，相遇后便演绎出许多的故事。于是便有了男儿的铭心之思，女子的无边清怨。有些故事，历尽千年，早已成为后人口口相传的传奇，成为一份直指人心的美丽。

其实，更吸引我的，是江南的历史底蕴。无数次的兴衰更替，造就了沧桑的厚重。江南的风物，吸引了无数统治者的心，他们一心想占领江南。江南，在他们的梦里，是一个欲望。柳永的"三秋桂子，十里荷花"，曾引得金主完颜亮亲临江南，在西湖之上，饱览江南名胜之后，慨然写下："万里车书一混同，江南岂有别疆封？提兵百万西湖上，立马吴山第一峰。"由此可见其志。

有春风十里，珠帘漫卷，也有故垒萧萧，山枕寒流。无边风月，映衬着沧桑之美。这就是江南，水蕴灵性，山藏厚重，人拥至爱。这样的江南，怎能不成为千百年来人们的向往之地？

我梦里的江南，如一朵洁白的莲在缓缓绽放。

我唱着妈妈唱过的歌谣

妈妈是不会唱歌的，可是，在我的记忆之中，妈妈的歌声曾多次在耳边响起。那是儿时蒙眬欲睡的时刻，轻柔的歌声仿佛一只最舒适的摇篮，轻轻地荡漾着我纯真的美梦。

那是流传最久远的一首歌谣吧，千百年来不知在多少人的童年唱响过。在那些淡如远山的记忆里，唯有这歌谣如清风拂过，温柔无比。那时的妈妈是年轻而忙碌的，劳累了一天，还要轻哼着歌哄我入睡。奔跑的年龄，行走的风景，慢慢成长之后，告别了妈妈的怀抱，也告别了那美丽的歌谣。以至于很久以后，我竟记不起妈妈曾经会唱歌。

许多年以后的一个夏日午后，我独自睡在一个陌生城市的房子里。忽然就梦见了童年的时光，听到了那熟悉的声音。仿佛岁月流转，一切都真实得历历在目，在妈妈怀里的日子，是我一生中睡得最甜美的日子。忽然之间，人醒梦散，我茫然四顾，心里恐慌至极，就像仍幼小如初，睡醒后不见妈妈的身影。有一种想哭的冲动，千里万里之外，我的妈妈已经垂垂老矣。

往事如烟易散，可是一个情景却漫上心头。在那个时候，也是一个夏天，妈妈和爸爸刚刚吵过一架，我吓得大哭。现在想来，那是有记忆以来哭得最厉害的一次。午后，妈妈抱着我，我却哭得无法入眠。于是妈妈又唱起了歌谣，那样的时刻，妈妈的眼中也是含着泪的。歌儿一遍遍地轻唱，恐惧的心慢慢平复。

后来成家，有了自己的孩子。有一次妻不在，我抱着年幼的女儿哄她入睡。不自觉就哼起了那首歌谣，在轻柔的歌声里，女儿闭上了眼睛，嘴角带着一丝笑意。那一刻心中竟是无比的幸福，浑然忘了累得酸疼的胳膊。忽然就明白了当年妈妈的心情，时隔三十余年，我唱着妈妈当年唱过的歌谣，哄着自己的孩子。女儿已沉沉睡去，我没有把她放回床上，也没有停下嘴里的歌。那个下午，我一遍一遍地唱着，直到唱出了满眼的泪花。

去年夏天，我回老家探亲。有一天午睡时，我对坐在旁边的妈妈说："妈，给我唱首歌吧，我睡不着!"妈妈转过头来，午后的阳光照着她的白发。她说："我也不会唱歌呀!"我说："就唱我小时候你给我唱的歌吧!"妈妈愣了一下，把目光投向远远的窗外，仿佛看进了岁月深处。

我常常感动于那样的情景，年轻的妈妈抱着自己的孩子，轻哼着哄他入睡。我远远地观望，带着微笑，任往事的浪潮将心湮没。我会想起妈妈，想起那首响在生命中的歌谣。我知道，那是我这辈子听到的最动听的歌。是的，天下的母亲们对怀里的孩子唱响的，永远是最美的旋律。

花开的方向

　　母亲喜欢养花，阳台上摆满了大大小小的花盆，四季的轮换里，总有花儿是绽放的，如此，阳台里一直充盈着春意。另外，有几盆花是放在母亲的卧室里的，那几盆花是同一品种，母亲也叫不出名字，多次搬家，无论是同城里的迁移还是城市间的辗转，那几盆花母亲都没有抛弃。

　　那几盆花只在每年的夏季里开放，花期半个多月。花朵并不出奇，比指甲略大些，一圈的花瓣，中间是橙黄的蕊，形状像极了缩小的葵花。它们通常是三五朵聚拢成簇，有一种极浅极淡的香，只在寂静的夜里，万虑皆宁的时刻才能感受得到。这种花唯一特别的地方，就是固定地朝着西方开放，无论怎样地挪动位置或转动花盆。母亲宝贝似的把它们放在卧室里，不离不弃。

　　母亲对于养花有一套独到的经验，不管什么花，在她的调理之下，都显出一股子活泼劲儿来，常让她那些老姐妹们欣羡不已，总有许多人慕名上门来取经，或讨枝丫和花籽儿。母亲的养花爱好是受姥姥影响，或者是遗传使然。我少年时曾和母亲回她的老家探亲，姥姥家在一个很远很远的乡村，几乎养了一屋子的花，院子里也栽得满满的。那时我就发现了那种母亲珍爱着的花，想来是姥姥送她的了，问母亲花名的时候，她含笑说："你姥姥也不知道叫什么名字呢！反正我老家那边，这种花是很常见的！"

母亲卧室里的花，起初在没有搬到这个城市的时候，我记得是五盆，后来我大学毕业后，就成了六盆，而搬来这里后，又多出来一盆，成了七盆。仔细回想一下，几乎是以每十年一盆的速度递增着。直到去年，发现变成了八盆，几乎摆满了卧室里的窗台。而母亲的那些老友中，却极少有人知道这几盆花，母亲也从不给她们看，似乎那只是她自己的秘密。

母亲卧室里的窗户恰好是向西开的，那些花儿摆在那儿，每年夏季开花的时候，那些花儿便丛丛簇簇地向着窗外，很像隔窗远眺的样子。在它们的花期里，母亲待在卧室里的时间就多了，常常是坐在床上，看着那些花儿，也不知是在欣赏开放的花儿，还是看向窗外。那眼神飘忽着，仿佛很近，又似乎很远。

去年年末的时候，母亲回了一次老家，给姥姥过八十大寿。也有好几年没回去了，临行前显得很是兴奋，似乎不管多大年龄的人，一想到要见着自己的母亲，都表现得像个孩子。是啊，不管多大，在母亲面前都是孩子吧！母亲一个劲儿地叮嘱父亲，卧室里的那些花儿几天浇一次水，每次水量是多少，直到父亲都能背得出来，这才放心而去。

母亲回来后，很高兴，有一种满足的神情，不停地说着姥姥的身体很棒，依然侍弄着一大院子的花。也难怪，八十岁的人了，能有这样的身体和精神，作为子女自然开心幸福。心里忽然一动，姥姥八十大寿，而母亲的花儿正好是八盆。一瞬间忽然明白了母亲为什么钟爱那几盆花了，那些花是母亲从故乡带出来的，是姥姥曾栽种下的，母亲珍爱着它们，其实是对姥姥的一种思念，一种祝福。

有一天，无意间闯入一个花卉论坛，各种花草的图片琳琅满目。素来对花花草草缺乏兴趣的我，正要关掉网页，忽然，仿佛闪电般，一个熟悉的画面从我的眼前滑过，正是母亲卧室里的那种花！于是急忙点开，看它的介绍。上面说，这种花不管在什么地方什么情况下，都是向西开放。心里涌动着一种巨大的感动，因为我终于知道了它的名字，那是一个让人悠然神飞、魂牵梦萦的名字——望乡。

那些花又到了花期，母亲依然在守望着，目光轻柔地抚摸过那些小小的花朵背影，然后投向西方。而远远的西方，隔着山，隔着水，隔着风雨云雾，有母亲的故乡，有母亲的母亲！

围　炉

　　火炉已经渐渐成了传说，而在我记忆中，它就像一个温暖的太阳，焐热了太多朴素的岁月，让那许多个冬天，都眷恋成心底感动的海，潮起潮落间，便不再觉得世事风寒，所有的希望都春暖花开。

　　冬季漫长，火炉便成了村庄的心脏，它不停歇地工作着，让所有的人热血沸腾。最初的火炉是用砖垒成，炉膛分上下两部分，上面是炉室，下面是灰室，中间用带条隙的厚铁板隔开。炉盖是由一个个逐渐缩小的环形铁板组成，相互叠加，一根长长的铁皮烟筒在屋里几个转折，穿墙而出，是主要的散热部件。后来有人家用破了的铁皮水桶改造成火炉，效果更好，于是大家纷纷效仿，炉身散热便更多了。

　　没事的时候，都喜欢围炉而坐，我和姐姐们或看书或说笑，母亲则做着针线活，外面飘着大雪，室内却盈盈如春。特别是在晚上，天黑得早，那时经常停电，便点一根蜡烛，全家人坐在炉畔闲聊。父亲常给我们讲故事，我们沉浸在故事的情节里，烛影摇动，将每一个人的影子都放大，投射到墙上，有一种厚重的亲切感。有时蜡烛燃尽，也不去理会，红红的火光透过炉盖的缝隙，映亮了每一张脸。随着火光的闪烁，四下里明暗变幻，那光亮直映入窗外呼啸的北风声中。

对于我们小孩子来说，最高兴的事，莫过于在滚热的炉盖上烙一些吃的东西。最常见的便是土豆片，切得薄薄的土豆片在炉盖上几个翻转，便已熟透，别有一种风味。或者将一些黄豆粒儿放在炉盖上，一会儿工夫便外皮迸裂，不顾烫地扔进嘴里，酥脆无比。有时，姐姐们会将整个土豆埋进火炉下层的灰烬里，过一些时刻，掏出，扒去焦黑的外皮，里面松软无比，满屋子都是淡甜的香气。童年的我们，总能于火炉之畔找到许多的乐趣。

有一年去一个偏远的山村探亲，那时我已经在城里生活了二十年。当我于风雪中推开房门，热气扑面而来，地当中一个火炉正红红火火地燃烧着，一下子击中我心底最柔软的角落，仿佛时光重叠，我于风雪之中回到家，炉火以不变的温暖迎接着我。火炉上烧着一壶水，正滋滋作响，一只黑猫蜷卧在不远处，眼前的种种，都是那么遥远的熟悉，心底濡湿，涌动着丰盈的感动。

那个晚上，我和亲戚一家人围坐在炉旁，说着多年前的旧事。红红的火苗伸缩着，将炉盖舔得红了脸，我的心也仿佛被轻轻地抚摸，无形的手指拨去岁月的沉冗，看到了童年的幸福。外面的风吹动着门板，窗玻璃上，美丽的霜花在与火炉的纠缠中慢慢成形。当年围坐在炉旁的亲人们，已星散各方，祖父早已故去，父母也垂垂老矣，只有这一炉红火，依然如过去般，那些流走的岁月，就如火光中闪烁的光阴，永远亮在心底最温暖处。

记起在上小学时，冬天，教室中间便搭起一个大火炉，同学们从各家带来豆秸，整齐地码在后面的墙脚。每天的清晨，男生们轮流早起来引燃炉火。课间，我们就团团围在炉边，大声说笑，或从豆秸堆里捡拾一些遗留的黄豆，放在炉盖上烘烤。温馨而无忧的时光，随着火炉而消散。火炉是我们独有的记忆，独有的幸福，感谢那段贫穷而充实的时光，给了我一生的温暖。

多想再次与那些亲爱的人围炉而坐，说着温暖的话语，那样的时刻，心中的所有块垒都会消融，化作生命里最暖的感动，流淌着永远的幸福。

叶子下面

　　故乡给我记忆最深的，就是那些树了。就那样站在每一户人家的周围，浓荫笼罩，整个村子都隐藏在密密匝匝的绿色之中。那些杨树、榆树还有槐树，已不知生长了多少年，将遒劲的枝丫横伸出来，如一只只有力的臂膀，呵护着一方的水土。

　　在那树影之下，是矮矮的屋檐，屋檐下，是曾经年轻的父母。干完了一天的农活，父亲坐在树下抽烟，那一点火光很快点亮了满天的星星。母亲在一旁洗衣服，仿佛有着洗不完的衣服，那个陈年的大木盆，那双手舞动其中，揉碎了满天的星光月色，揉走了那些美丽的年华，也把对家的一片挚爱，一点点地揉进了岁月之中。那么多的日子，就在枝枝叶叶间悄然流走。那些人长大了，那些人却老了，走了。不变的，仿佛只有那些树，重复着年年岁岁的秋黄春绿。依然记得儿时，在漫漫的夜里，在母亲的怀抱里，听那些叶子沙沙地响，母亲会说："起风了，明早会凉！"或者在炎炎的烈日下，躲进那一处阴凉，看着母亲在没有阳光的树下依然挥汗如雨。

多少年过去，当我从那些树的包围中走出，走进钢筋水泥的都市，见惯了钢筋水泥般的无情与冰冷，却没有让心上生起层层的茧。我的心仍在保持着童年的温度，那不是一种软弱或脆弱，就像那些记忆中的树一般，不坚硬却坚韧，不棱角分明却充满生机。这是故乡所给我的传承，那些树就长在我的心里。

如今的家，上不倚天下不着地，再没有了当年踏实的感觉。楼上楼下都有人在生息，心也如悬浮于半空，无依无着。家的周围很难看到一棵像样的树，那些被精心修剪过的，不是真正的树，它们不能恣意生长，只是一种景致，一种生命的畸形。忽然就怀念起高大树木下矮矮的屋檐来，那里所盛装的温暖与眷恋，这个家中永远都不会有。那低矮的屋檐，在我的生命中，高出了摩天万仞的大厦，抵达了亲情的高度。

有一个夜里，母亲从遥远的家乡打来电话，只为了告诉我，她看了我所在城市的天气预报，明天降温，别忘了多穿衣服。那个寒冷的夜里，感觉到了久违的温暖。忽然觉得，现在的这个家，也是在一片树荫之中。而父亲母亲，就是那两株树，他们的臂膀如枝般横伸千里，依然为我挡风遮雨，给我呵护。他们的爱就如那些永不疲倦的叶子，风来时沙沙作响给我提醒，落雨时为我挡去大半，没有风雨的时候，便为我献上一份清凉。安睡在他们的臂膀之中，无烦无忧，好人好梦。

是的，不管十年百年，无论千里万里，我的家都永远在那些叶子底下，在那份爱的温暖之中。生命中亲情的树永远站立，于是有了力量，有了希望，有了无尽的感恩与感谢。

我再丢了，谁来找我

　　那一天，母亲弥留之际，他拉着母亲的手痛哭失声，说："妈，我要是再丢了，还有谁来找我啊！"

　　小时候，他贪玩，家在农村，常常在野外跑着玩着就忘了离村子有多远。直到夜幕垂下来，才发现，四望都是陌生的所在。不知多少次，都是在这样的情况下，他盼着母亲身影的出现，把他带回温暖的家。虽然每次母亲都会骂他，可是他依然这样疯跑疯玩，他心里也知道，母亲总会找到他。

　　上学后，他极不愿意学习，便经常逃课，自己跑到甸子上去玩儿。直到天快黑了，母亲等不到他放学回家，去学校却早已没人了。母亲便去甸子上找，把他抓回来。

　　初中时，在镇里上学，住校。也经常逃课出去闲逛，有时自己走到天黑，心里就有一种失落感。多希望母亲的身影能在黑暗里出现，把他带回明亮的家里。

　　初中毕业后，没有继续读高中，他就走入了社会，在镇上一个汽车修理部当徒工。他干了一段时间，嫌累嫌脏，就三心二意起来。渐渐地结交了一些和他年龄差不多的少年，时常在外面打架喝酒。这时候他很少回家，家里人都以为他在外面干得挺好。可是有一个夜里，母亲忽然就找到他和哥们儿聚饮的地方，拽着衣领把他带回家。镇上到村里，十八里的路，他和母亲深一脚浅一脚走在漆黑的路上，心里涌起久违的温暖。

再后来，彻底离母亲远了，他一个人出去闯世界。母亲和故乡渐渐地湮没于风烟深处，他如脱笼的鸟，在自由的世界里任意飞翔，却迷失了一片天空。有时是那么身不由己那么无助，却无法在黑暗中期待一个温暖的身影，等候一双温暖的手。

二十一岁那年，他入狱，开始了五年的铁窗生涯。母亲来看过他一次，面对母亲染了霜的头发，想起往事，多想母亲能像从前一样，把他带回家去。可是母亲的眼神是那么无助，他的心狠狠地疼。有时他会想，母亲，是不想再来找他了，任他迷失在绝望之中。

当母亲再一次来看他时，看到他的沮丧，母亲说："我会等到你出来，我怕你出来后，找不到家！"

那以后，他的心里便暖暖地充满了希望，母亲一直在找他在等他。由于表现优秀，他一再被减刑，三年多的时间过去，他也迎来了真正自由的日子。走出高墙铁门，看到母亲含笑的脸。

然后他去了另一个城市，母亲依然回到乡下。他开始了全新的生活，又两年后，他结了婚，在婚礼上，母亲笑得那么幸福，那笑容触动着他心里最柔软的角落，让他漾出了满眼的泪。后来有了儿子，母亲来帮着照看，他每天辛苦工作，一心爱家，只想看到母亲的笑。

烟火日月在琐碎的幸福中流走，转眼到了中年，而这一刻，母亲即将永远闭上眼睛。他拉着母亲的手，往事如雾般，弥漫到心里的所有空间。

母亲努力地笑，吃力地说："孩子，你不能再走丢了，你以后要去找你的孩子，不让他走丢，你要守在家里，让你的孩子能回来……"

你是世间最暖的书

那时爷爷有满肚子的故事。也曾一度以为爷爷一定看过许多许多书，要不怎么一开口都是那些让我们流连的传说掌故。

最喜欢夏日的夜晚，家人都坐在院里的老榆树下，微凉的风从每一片叶子上滑落，爷爷的烟袋便点燃了满天的星光。通常是我们一群小孩子在叽叽喳喳一番之后，爷爷也已满足地吸了一袋烟，把烟袋锅在鞋底上轻轻地磕，然后再塞满烟丝。这个时候，我们就全安静下来，知道爷爷又要开始讲故事了。

暖暖的夜，亮亮的星，还有围绕着爷爷的我们，苍老的声音带着奇异的力量，回荡在院落里，回荡在我们心间。于是，那么多古老的故事，在我们心里生根。我们沉浸于其中，或惊讶，或迷茫，或惊恐，似乎每一种感受，都让我们眷恋，一如眷恋着那个温暖的身影。

多年以后，每次回望，心中都会有着一幅遥远的画面。低矮的草房，茂盛的榆树，满天星月，树下长长胡子的老人，几个神情专注的孩子。那样的情景就镌在心上，任岁月也湮没不了。

甚至在白天时，疯玩儿够了的我们，也会跑到田地里去，提着水罐，等待爷爷休息。太阳明晃晃地在头顶，爷爷终于从田间走出来，坐在地头的树荫下，衔着烟袋，不停地用草帽扇着风。我们聚拢过来，将凉凉的井水递上，然后等着爷爷讲故事。爷爷看着无边的田地，便能讲出一个神奇的传说。他心里的故事，就像这些大地上的庄稼，不知生长了多少。

上学以后，我们才知道，爷爷其实是不识字的，那时每条麻袋上他写上的名字，也都是照着练无数遍才练会的。我们终于问起，他的故事都是从哪里来的，他告诉我们，听别人讲的，听他的爸爸他的爷爷讲的，原来，那许多故事，都是这样一辈辈流传下来。就像那些庄稼，一茬茬地生长，从不断绝。

后来喜欢上了看书，有时会在书中与爷爷讲过的故事相遇。虽然爷爷讲的并没有书中的故事具体，可是，总是觉得书中的故事少了一种味道。似乎少了那种氛围，少了那声音里的温度。当年，那些围着爷爷听故事的兄弟姐妹，最后都喜欢上了读书，我知道，那是受了爷爷的影响。

渐渐长大的我们，有时也会相约着跑去爷爷那里，听他讲故事。爷爷的故事也有重复的，可是我们依然听得那么投入，如旧的星光月色，如故的人儿，我们倾听着的，其实是一种怀念，是一种流逝时光深处的温暖。爷爷讲完，便会让我们也讲，于是，我们便讲着各自听到的新奇故事，在爷爷明灭不定的烟袋的闪烁中，他的神情就如我们当年一般专注。

十六岁那年，爷爷去世。而彼时，我们已搬进城里两年了，爷爷依然留在乡下。有多长时间没有过那样的夜晚了，有多长时间没有再听过爷爷讲故事，而如今，爷爷坟上的草已经黄绿了二十四次，每次回去都要在坟前待上一会儿，一如当年坐在爷爷身畔，被他的故事萦绕。

这许多年中，读过太多的书，包括当年从爷爷那里听来的各种评书野史，每一相逢，无不重叠着过去的种种。其实，爷爷才是我一生中读到的最早的书，也是最温暖的书。他给了我想象的空间，给了我无尽的希望，为我开启了一扇美好的门。从而才能让我在以后的无数岁月里，与书相伴，心里的梦想生生不息。

去年驾车回乡下，傍晚，云霞满天，驶过一个村子，看到在一个院子里，一棵树下，一个老人正给几个孩子讲故事。那一瞬间，在夕阳里，在车窗后，眼睛竟是不能自持地湿润。

寒不冻心跳，风不散笑容

十月，便已下了雪，小兴安岭的冬天早早地来了。这最初的冷，往往在感觉上要比三九难熬。

每一年由初冷入深冷的日子里，我天天都会到河边散步，看一河流水在寒冷的细细侵蚀中渐渐凝固。有时会想，如果说流淌是河流的心跳，却就这样被寒冷冻结了。记起儿时同亲人一起去冬天的河里捕鱼，当冰镩子凿透厚厚的冰层，却见冰下流水依然。原来，河流的心跳从不曾被冻结；原来，那一层坚冰只是一种保护。

在艰难的境遇里，我们在坎坷中散漫，或者在打击中消沉，其实，那只是一种保护。就像冬天的河流般，在身上披上铠甲，是为了不让心上生虫。只要心依然跳动，再寒冷的季节，也冻结不了流淌着的温暖。

遥远的当年，还是少年时代，就曾在冬天问过家人这样的问题，是不是所有的水都不会被彻底地冻结？是不是所有的水都能在冰层下流淌？其实并不是这样，我们曾刨开过甸子里那些小小的水泡，甚至大一些的池塘，冰层竟是一冻到底，下面并无流水。便明白，被冻透的，只是那些死水。冬季来临，它们就死了，或者说，它们早就死了。

就像有那么一个人，他就在我们身边，他日复一日过着不变的生活，他也笑，他也沉默，他似乎就要这样度过一辈子。就算遇上艰难坎坷，他也是一样的状态，不谈得失，不论悲喜。有人说，这是一种淡然，或者一种超然，而我却觉得，这是一种失去了希望的麻木，笑也麻木，沉默也麻木，平常时麻木，艰难时也麻木。

所以，冬天依然流淌的河，到了春天就冲破了桎梏，把清澈的笑容写在我们的眼睛里。河流的笑容来自不停地流淌，而非偶尔路过的风。只有那一汪汪死水，才会在风来的时候，麻木地笑。

而对于我们来说，笑由心生，只要心中有美好的希望在葱茏，哪怕外面是无边的风雪，也冻结不了如花绽放的笑容。风再大也吹不散笑容，再深重的苦难，也挡不住向着梦想前行的脚步。风越大，就越应像河流一样，笑容越灿烂。给生活以微笑，生活便会回报以花开。

小的时候，问祖父，您的脸上怎么会有那么多深深的皱纹？祖父一生经历坎坷，可是无论在城里还是乡下，他都走得坚实而有力，也从不曾在生活面前弯了腰，总是露出真心的笑容。他这样说："我脸上的皱纹是笑出来的，比别人笑得多，所以皱纹就比别人的多，比别人的深。"多少年间，每一想起祖父的答案，心里就会濡湿，仿佛一种美好在涌动着，就要拔节开花。

寒冷能冻结万物，却冻结不了澎湃的心跳，也冻结不了在苦难中露出的笑容；而苦难能在脸上刻下沧桑，却不能抹去笑纹里荡漾着的温暖。那么，就用足音般的心跳，去迎向正在走来的冬天；面对渐渐强烈的北风，就准备好最美丽的笑容吧！

开在手上的花

　　十四岁的意儿又一次问我，最喜欢她什么。我说喜欢她的手，她便笑，说许多人喜欢她的手。

　　意儿的手指很纤长，而且灵巧无比，能做出各种复杂的动作。有时，她会在阳光下，手上动作不停变换，于是地上影子便灵动起来，许多小动物的形象就活了起来。不过她却没有去学弹钢琴什么的，总有人会说，真是可惜了这样一双手。她却丝毫不在意，说不喜欢，也学不了，还说她的手有更重要的作用。

　　意儿对于自己的手是极爱护的，有一次在学校里上体育课，跑步，由于跑得过急，她一下子摔在地上。本来，她可以在倒下的瞬间用手支撑一下地面，可她却把两手背在后面，导致脸蹭破了一小块儿。别人问她，她笑着："毁了容也不能伤了手！"

　　夏天的时候，有外国友人来学校参观，正巧来到了意儿所在的班级，校领导和老师都陪同着。一个外国友人一眼看到了意儿，便想让意儿回答几个问题。老师忙上前，想说明一下情况。意儿却已经站了起来，两只手在胸前舞动如花。看着意儿熟练的手语，那个外国友人竟也同样做起了手语。然后，他对大家说："她的手语很棒，就像手在跳舞！"

作为一个聋哑孩子，意儿的手就是她的嘴巴，就是她的声音。初识她的时候，我就觉得她的手语美极了，就像美丽的花儿在风中不断变换着身姿。这样的一双手，当然要好好保护。她说："要是我的手出了什么问题，那可惨了，我和爸爸妈妈都没法交流了，多可怜！"

每逢周末，意儿都会去福利院，去找一位老奶奶。那个老奶奶也是聋哑人，几乎没人和她交流，她也没有亲人，每一天都很寂寞孤独。自从有了意儿，她就像变了个人，每个周末也成了她期盼着的节日。不管雨雪，意儿都坚持在周末去看望老人，陪老人一小天，然后在老人的笑容里，走上回家的路。

我对意儿说："你的手语是我见过最美的，就像……就像开在手上的花儿一样！"

意儿却用手语说："我的手语虽然美，但不是最美的，我老师的手语才是最美的！"

意儿刚上学的时候，很是艰难。虽然父母也教她认识了不少字，可是她毕竟听不见老师讲课。每日里只是怔怔地坐在那里，看老师在黑板前不停地讲着，于她却是无声的世界。后来有一天，放学后，老师把她叫到办公室，竟然用手语把全天的课程又讲了一遍。那一刻，意儿哭了。原来，这许多日子，老师都在学习手语。那以后每天下课后和午间休息时，还有下午放学后，老师都要单独给她讲课。

意儿说:"有一次,我生病,本来请了一天假。后来感觉好些,便去上学。没进教室门,我便透过窗户看见,老师正站在讲台上,教同学们一些简单的手语!我知道,她是想让同学们和我多一些交流……"

一个春天的午后,我和意儿站在郊外的草地上,花红树绿,风清云白,她便面对着广阔的天地,做了"我爱你"的手语。她热爱这片天地,热爱生活,她的手语使所有的春花都更加美丽。

看着这个小小的女孩,心里仿佛被清泉浸润,濡湿无比。是的,我也爱这个世界,爱生活。

我妈有病

她曾经很讨厌自己的母亲，上中学时，那些整天的唠唠叨叨就不用说了，让她很是不能忍受的是，母亲很固执，有时固执得让人很生气很不理解。

读高二时，她患偏头疼，去了好多大医院治疗，都没有明显效果。母亲不知从谁那里听说偏方可治大病，便开始四处找偏方，经常弄回一些奇怪的东西让她吃下。这让她极为不满，可是不管怎么反抗，母亲都强逼着她吃，也不怕把她吃出什么毛病来。好在后来病愈，也不知是不是那些偏方的功效，反正母亲就认定了此理。有时她会嘟囔："真是有病！"母亲耳朵好使，就勃然大怒："你才有病！你没有病我能天天给你找偏方？"

更为离奇的是，有一次她的手机丢了，也没对母亲说。可是母亲还是知道了，劈头盖脸地训了她一通。可没过几天，母亲竟拿回来一个手机给她，她摆弄半天，问："你在哪儿买的？"母亲很得意地说："你管在哪儿买的，喜欢吗？"她很是无奈地说："我敢喜欢吗？这手机里面还带着卡，还有别人的通话记录，我拿去使，还不被当成小偷抓起来啊！"母亲一听吓坏了："我在市场上，有人拿着手机问我买不买，我瞅着不错，还便宜，就买了！"她一时无语，心里想着，母亲真是病得不轻啊！

反正类似的事有许多，不过有个共同点，就是母亲做的那些事都与她有关。她有时会觉得很奇怪，母亲平时也是挺精明的一个人，咋一到自己女儿身上，就糊涂起来。

后来上了大学，终于摆脱了有病的母亲，她有一种重获自由的快乐。可是母亲的电话总是不分时候地打过来，不是问这个就是问那个，烦得她不行。那时她刚刚失恋，母亲不知从她的哪句话里听出了口风，便刨根问底，把她气得够呛，便挂断电话关了机。一连十多天没开机，耳边重又清静。

正是冬天，有一天下午，天上飘着大雪。她正上课，偶然向走廊里望去，就看到一个熟悉的身影，像极了母亲。她忙出了教室，果然是母亲！母亲头发上和身上都湿湿的，显然进了楼都没有拍打掉身上的雪花。她挺感动，母亲一定是担心她失恋后的状况，坐了一夜的火车赶来学校。把母亲带到宿舍，给她换了衣服，才问她怎么跑来学校了。母亲的回答让她哭笑不得："前些日子接到你用别人手机发的一个短信，你说钱和手机都丢了，让我给你汇钱。我开始琢磨着是骗人的，可打你电话，总也打不通，觉得还是自己来一趟好！"她问："你不会真的往短信里说的账号汇钱了吧？"母亲笑着说："没有，我自己带来了，给你！"

看着母亲从贴身的口袋里掏出一沓钱，她的眼睛一下子就湿了。回想以往的种种，看看今天的母亲，可是，可是，怎么心里一点都不讨厌了，反而觉得很幸福。

　　很久之后的一天，她走在街上，听到旁边一个女孩大声地打电话，其中有一句："妈，你是不是有病啊？什么事都管！"那一瞬间，就想到了自己远方也同样有病的妈。忽然明白，天下的母亲都是有病的，对儿女的爱和担心，永远是母亲心头的病。

石头开花

　　幺妹随父亲去山上拉石头了。她是自愿去的，那天她把自己的花书包塞进了木柜的底层，动作很缓慢，就像藏起了一个梦想。幺妹在采石场上挥汗如雨的时候，我在县一中的教室里埋头苦读，一切都是为了我，我把那份感动和歉疚转化成巨大的动力。

　　放暑假回家，在采石场看到了幺妹，个子长高了不少，脸晒得黑黑的。见了我，她兴奋地跑过来，我抓起她的双手，心中蓦地涌起一阵悲哀，幺妹的手再也不是过去那样柔软细腻了，变得粗糙而瘦硬。幺妹的手曾是那样的灵巧，会做漂亮的剪纸，会用柳梢编出种种栩栩如生的小动物。而如今，那双手的灵性全被坚硬的石头磨没了。握着幺妹的手，我哽咽着说不出话来。幺妹说："哥，别难过，我这样挺好的啊！"

　　回到家里，幺妹拿出一个小木箱，打开一看，里面全是各种颜色的石块儿。幺妹说这是她从采石场上捡的，这些石块儿和别的石头不一样，颜色鲜艳而且石质细密。我仔细地把玩着，果然是与众不同。忽然，我看见一块很特别的石头，于是拿起来对幺妹说："你看你看，这块石头像不像一只小猪？"幺妹眼前一亮，接过去说："呀！真是太像了！"于是我们又继续翻看着那些石块儿，发现了许多奇形怪状的，真的是很神奇。

　　开学的时候，是幺妹送我出山的。在山口，一直沉默的幺妹用手掸了掸我的衣服，我知道她要回去了。她望着远远的山外，忽然就喊了一声，群山回荡着她那充满希望与失落的声音。然后，她便往回走了，一直没有回头。幺妹的背影消失在远处，我依然站在那里，对着满山的树满山的花，眼泪终于淌下来。

　　一个月后的一天，幺妹忽然来县城找我，当时她站在校门口不知所措地张望着，一看见我立刻露出了欢快的笑容。她说："爸最近忙，让我给你送钱来了！"说着，从口袋里掏出一把钱塞给我，攥着那些被汗水浸软的钱，我的心里涌起一股无人知晓的感动与伤感。我拉着幺妹的手说："走，哥带你吃饭去！"幺妹说："我带了干粮了，路上已吃过了。我和村里的玉翠一起来的，她在那边等我呢！我得走了。"我说："叫她过来，我们一起去吃饭！"幺妹说："不了，爸还等着我回去干活呢！我走了，要是缺钱就捎信儿回家，我给你送来！"然后，她从口袋里掏出一样东西放在我手里，说："这是我给你的！"我一看，居然是用一块白色的石头雕成的一朵莲花！我仔细地看着，真是雕得太美了。幺妹说："这是我花了好几天的工夫又刻又磨弄出来的，给你放在书桌上压压书什么的。对了，你说像小猪的那块石头我也刻了，更像真的小猪了！"我惊喜地说："幺妹，你真是太厉害了！"幺妹低头笑了。我说："幺妹，你看，这石头都开出这么好看的花了，我们的日子也一定会好起来的!"幺妹使劲儿地点头。过了一会儿,她说:"我真的要走了,玉翠该等急了!"然后便转身走了,轻风吹起了她长长的头发。

那以后,我每次学习时,一看到桌上的那朵石头莲花,心中便会涌起温暖的感动,生命中便多了一分铮铮的力量,为了贫穷的家,为了操劳的幺妹。寒假回家,当幺妹重又给我打开她的小木箱时,我竟惊呆了,当初的那些石块儿,已经被幺妹雕刻成各种各样的小物件,琳琅满目,让我爱不释手。幺妹的手依然是那样粗糙,可坚硬的石头并没有夺走她的灵心秀手,她让那些冰冷的石头绽放出五颜六色的美丽。我忽然明白,即使生活再艰难沉重,但只要有一颗充满希望的心,也会让生活变得美丽起来。

看着那些石雕,我的心忽然一动,对幺妹说:"你的手真巧,这应该是工艺品了,也许能卖很多钱呢!"幺妹一拍额头,说:"呀,我怎么就没想到呢?也许真的能卖出去呢!"第二天,幺妹真的挎上竹篮去镇上的集市了。下午的时候,她兴冲冲地回来了,一进院就喊:"哥,我卖出去了两个,一只小鸭子和一个胖娃娃!"我和爸妈闻言都站了起来,问:"真的卖出去了?"幺妹说:"卖出去了!看,一共卖了十块钱呢!"爸爸说:"哎呀,这要比我们拉两天的石头挣得还多啊!这小小的石头能卖这么多钱?"我说:"爸,幺妹卖的是手艺,不是石头!"幺妹笑了。

幺妹从此开始了卖石雕,可这是更辛苦的,她的手常常被刻刀划伤,而且总是干到深夜。为了不影响爸妈睡觉,有时她就到院子里借着月光或雪光去刻石头,叮叮的声音传向远远的夜空。幺妹的石雕卖得不错,后来她便一个月来县城一次卖石雕,顺便给我送钱。在县城里,幺妹的石雕能卖得多些,价钱也高些。有一次在我的宿舍里，幺妹看着我书桌上的那朵石头莲花说："哥，这个做得太粗糙了，那时刚开始做，弄得不好。等再捡到白色的石头，我重给你做一个！"我笑着说："这个就是最好的了。你也别累着，看你的手都成什么样子了！"幺妹笑着说："我的手没事儿，农村人，谁在乎这个？倒是你要好好照顾自己！"我的心又一次濡湿了。

那年秋天，我终于如愿考上了省城的师范大学，最高兴的人就是幺妹了。她说："哥，你有出息了！好好上学吧，我刻石头卖钱供你！"我紧紧地拥着幺妹，泪水打湿了她的头发，我知道上大学曾是她的梦想啊！幺妹擦着我的眼睛说："哥，不哭，等你大学毕业了，我们的好日子就来了！石头都开花了，日子总会好的啊！到时你教我，我不是和上过大学一样吗？"看着幺妹真诚的眼睛，我使劲儿地点头。

可是，所有的梦想都中途飘散了，在那个凉凉的秋天。幺妹从采石场上捡石头回来，走过窄窄的山梁时滚了下去，从此，她的生命便永远定格在十六岁的花季。人们发现幺妹时，她静静地躺在山谷里，手中握着一块洁白的石头，上面溅上了鲜血，像一朵艳艳的花。

我赶回来的时候，等着我的只是后山上一座小小的坟茔。我把幺妹留下的那些石雕摆放在坟的周围，然后坐在那里，整整一个下午，我都在陪着幺妹。所有的往事一一涌来，那些石头在幺妹的手上开出了美丽的花，而幺妹的生命之花却早早地凋谢了，她终究没能看到梦想中的好日子。幺妹送我的那朵石头莲花我会用一生去珍藏，就像用一生的爱去呵护幺妹那颗洁白的心！

返校时，我独自走在山间的路上，心情和脚步一样沉重。蓝蓝的天上没有一丝云，而我的心却下着雨。站在山口，想起当初幺妹送我出山的情景，想到以后再也不能，再也不能看见幺妹那甜甜的笑脸，我对着满山的秋树秋花喊了一声，周围回荡着一声声深情的"幺妹——"。

低下头，我泪落如雨。

一本枯萎的书

　　窗外的长风流淌过满树的叶子，每一片都摇曳生姿，载满了缕缕的阳光。阳光透过窗子照在那本书上，书在奶奶手中，她看得很专注，脸上有一种极恬静的神情，仿佛时光静止，如一只憩在花间的蝶。

　　记事起，就知道奶奶捧着那本书细细地看。后来年龄渐长，慢慢地知道，奶奶也曾是书香门第的大家闺秀。她读了几十年的那本书，是《宋词三百首》，竖排线装，通篇繁体字。我常想，那时的奶奶，也该如从宋词中走出的女子，盈盈如出水的莲，婉约中蕴含着一抹深情。每次看完书，她都把书放进一个小木盒里，动作很慢，就像收拾一种心情，收藏一份记忆。

　　奶奶不到三十岁的时候，爷爷就去世了，她带着几个孩子辗转如飘蓬。只是无论乱世兵戈，还是荒年流离，许多东西都已失落，却不曾弃了手中的那本书。真不知在书中，究竟有什么东西让她如此难以割舍离弃。

听父亲说，那本书就是奶奶的命根子。有一年老宅失火，奶奶不顾安危地冲进房中，将书抢出。此后，几乎随身携带，近年来见再无火灾之忧，才将其收入盒中。书已经极古旧，如那些泛黄的日子，可奶奶依旧用清澈如水的目光，一遍遍濯去上面岁月的尘埃。曾多次动过偷偷翻阅的念头，终是没有，我怕自己猝然的目光，会惊飞栖息于其间的那些往事。

那时我已经读了许多宋词，《宋词三百首》更是熟记于心，只是不知奶奶的那本书中，隐藏着一阕阕怎样的故事。偶尔也会寻愁觅恨填上几首，有时奶奶看见，便会一一标上出律之处。我想，她的词一定填得很好吧，问她，便笑而不语。

有一次，奶奶生病住院，夜里，我陪在她床前。寂寂长夜，她丝毫没有倦意，在昏黄的灯下翻那本看了几十年的书。每翻一页，都小心翼翼，似乎怕吵醒那些过往，又怕不经意触痛时光的裂痕。不知何时，奶奶睡着了，书放在胸前。我轻轻拿下书，给她盖上被子。夜静而长，终是按捺不住心中的冲动，悄悄拿起书，很轻很柔，就像捧起奶奶少女时的心事。

书虽然极旧，却极平整，连一点儿折痕都没有。让我惊讶的是，书间的空白处，竟写了许多零散的词句，那是奶奶的笔迹。有的字迹年代久远，有的却新鲜如昨。逐一看去，那些词句虽不完整，却柔肠百结，如水之曲，如竹之幽，像一颗颗闪亮的珠子，穿透茫茫岁月，敲打在我的心湖。如"舟散月明，怕沐杏花风，念念红尘远，无踪"，又如"枕中几许清怨，世间一梦年华"，让人尽随离情别怨而轻喜悄愁。一字字，一句句，绵绵密密，补缀着断裂的华年，将曾经的沧海桑田展现于一片柔情之下。

只是，让奶奶如此千回百转、几十年来念念情深的那个人，会是谁？我想，不会是爷爷吧，爷爷是不识字的粗人，一直以为，他们的结合，也许正是奶奶所有忧伤的来源。奶奶不会用如此锦绣的文字来怀念爷爷的一切。我将书轻轻合上，放在她的枕畔，思绪如蝶翻飞，想去追溯奶奶远逝的飘摇岁月。

　　奶奶是在一个寂静的凌晨去世的，那时，天上有一钩淡黄的月。透过她安详的容颜，我仿佛看见遥远的当年，看见她的青春红颜，青丝如思念飞扬。经历了那么多的分散流离，无论怎样的际遇，都不曾让她心上生起层层的茧，在她生命最柔软的地方，依然满溢着最初的凄清与深情。

　　整理遗物时，我竟在那个装书的盒子里，发现了一本奶奶早年的日记。日记里，所有的心事都压成了岁月的书签。在少女的心中反复出现的那个隐隐约约的身影，越到最后便越清晰。竟真的是爷爷，原来，爷爷在奶奶的生命中竟是如此完美而真挚；原来，情感的沟通并不一定非要那些纸短情长；原来，那本《宋词三百首》是爷爷送给奶奶唯一的礼物！

　　含着笑，带着泪，再次翻起那本书，每一页都如深秋的落叶般枯萎憔悴。可书里，那些奶奶写上去的词句，就如永不凋零的花朵。那些无边清怨，那些思念与眷恋，使得奶奶走过的所有艰难的足迹中，都盈盈盛满了一曲曲直入人心的骊歌！

　　一本书在流年中枯萎了，一段往事已尘封了，而在流年中刻在心中的那份真情，却永远鲜活如初。

母爱的另一种奇迹

小时候，他很怕母亲，因为每次说谎，母亲都知道。起初，他以为是自己的谎话说得不够好，可是即使编得再完美的谎言，也会被母亲像从米里挑虫子一样挑出来。

有时他会想，可能母亲去了解了情况，才知道自己撒谎。可是有一次，母亲在家里睡觉，他在一边看书。过了一会儿，他见母亲睡得很沉，便偷偷溜到野地里玩儿，估摸着母亲快醒了，才回到家。刚捧起书没一会儿，母亲就睁开了眼睛，把他叫到身前，问："我睡觉的时候你都干什么了？"他极镇定地说一直在看书，母亲的脸一下子沉下来："又撒谎，说，去哪儿玩了？"他当时很惊恐，下意识地退后了几步，说："你是妖怪！"

母亲一愣，他说："你都睡着了还知道我出去。"母亲笑着说："你要是承认自己撒谎，我就告诉你我是怎么知道的！"他老老实实地承认了，然后眼巴巴地看着母亲，母亲说："很简单的事，你每次撒谎的时候，右手的拇指就会压在食指上！"他仔细想了一下，似乎自己真有这个毛病，心里挺高兴，相信了母亲不是妖怪。不过以后他撒谎的时候就少了，因为在母亲的突然袭击下，他根本控制不了自己右手的动作。

后来，他长大后，在远离母亲的一个城市里工作，一直想接母亲过来，可是母亲习惯了原来的生活环境，总也不肯去。他于是给母亲买了台电脑，让母亲在家里上网。有时候，晚上他会和母亲视频聊天，有一回母亲问他的女朋友处得怎么样了，什么时候结婚，他说处得很好，还年轻，先不急着结婚。忽然他见母亲的脸上又现出当年的神情，母亲说："你还敢和我撒谎，说说吧，是什么时候和女朋友分手的？"他忙看向视频窗口，自己只显示上半身，根本看不到手，母亲怎么又知道自己撒谎了？

他求母亲告诉自己破绽又出在哪里，母亲还是那句话："你告诉我事情经过，我就告诉你我怎么知道的！"终于他得到了答案，母亲说，他一撒谎的时候，右眉总是不经意地跳动几下。他很是郁闷，先是右手，后是右眉，看来自己说谎话的时候毛病真不少。

从那以后，他有什么事情不想让母亲知道，也不上网和母亲视频，因为他不想母亲担心自己。于是就改成打电话，可是，让他惊奇不已的事又发生了。有一次电话里母亲问他工作顺利吗，以前不是说升职现在升了没有，他告诉母亲升职的事要到年后才能实现，并罗列了一大堆理由。可是母亲说他撒谎，问他是不是升职的事没希望了。他极度不解，在和以往同样的交换条件下，他得到了答案。原来，他说谎的时候，每句话的第一个字都说得很重，而且会偶尔轻咳两声。

他很是惊奇，自己这么多琐碎的特点，母亲竟然能全部掌握！

他并没有试着去改变自己的一些习惯，因为他知道，母亲一定还有其他的方法来鉴别。他很感动，知道只有母亲才会记得自己的所有，多少年也不会忘记。是的，如果有一天，母亲说出连你自己都不清楚的细节，不要奇怪，因为在母亲面前，在母爱面前，任何事都是奇迹。

一片雪花里的故乡

只要有雪的地方，我都能从每一片雪花里看到故乡。

每一年，故乡都被雪拥抱四五个月，故乡在雪的怀里，我在故乡的怀里，很温暖地度过冬天。那个东北大平原上的小小村庄，是长在松花江畔的一棵树，也是洒在我心里的一抹暖。那时候极喜欢冬天，那时的冬天也比现在寒冷，可是在那冰天雪地里，却有着无穷的乐趣。

我们常常在野外，循着雪地上不知名的细碎足痕，去追寻未知的动物。无边无际的大草甸上，无边无际的雪原中，我们杂乱的脚印伸向各个方向，虽然从未找到过一只动物，却是乐此不疲。有时会在大雪飘飞的时候，遇见那些在河面上江面上打鱼的人，看他们用沉重的冰镩子凿开厚厚的冰层，看那冰下的流水清凌而静默，看那些捕捞上的鱼儿被冻结了的姿态，便觉得冬天是那样神奇。

更多的时候，我们带上铁锹、扫帚和自制的滑冰鞋或者爬犁，去村西的小湖面上，扫开积雪，尽情地滑冰；或者在厚厚的雪地上，摔跤打闹。现在想来，离开后的无数个寒假，都没有那时无忧而欢乐。

我们常常是呼啸而过，在呼啸的北风中，带起周围雪花旋舞。那时的天气真的很冷，我们戴着古老的狗皮棉帽，厚厚的自制手套，穿着大棉鞋，仿佛浑然不觉严冬腊月的难挨。是的，那时候，我们的心里却是那样火热，多年以后方才明白，成长之后的世事风霜，才是生命中最寒冷的际遇。

在外面疯玩儿之后，我们才散去，走进村庄，就像一片片雪花扑进大地的怀抱。一进房门，热气扑面而来，屋地中间的火炉正旺旺地燃着，炉中的火焰欢快地舔着铁炉盖。关上门，冬天被挡在外面，雪花纷纷拥挤在窗玻璃上。在炉边烤一会儿火，顺便在滚烫的炉盖上烙些土豆片，熟了后拿着坐在热热的炕头上，一边吃一边看外面的雪下得冒了烟。窗玻璃上还没有结上霜花，透过纷飞的大雪，看见远处的房屋全都笼罩在白茫茫中。

这个时候，除了我们小孩子，除了那些依然在寒冷中干活的人，大多数人都躲在家里，坐在炕头上看纸牌，或者衔着长长的烟袋凑在一块儿聊天，在我们那里，称为"猫冬"。我们肯定是"猫"不住的，不如说躲，更愿意躲进一片雪花的深处，寻找无边的童趣。我们已经不屑于堆雪人，那是更小的孩子的爱好，我们会拿上小铲子来到野外。在那些风口处，厚厚的雪被吹成了硬硬的雪壳，我们在雪壳上开始挖洞，挖到深处向里再挖。躲在里面，避风且不那么冷。那是躲进寒冷中的温暖，很奇妙的感受。

后来，我们和姐姐说这事，姐姐就来了灵感，画了一幅画。

那幅画在作业本背面的画，那么多年过去，我们竟然都还记得。画面是一片大大的雪花，雪花下面是一个小小的雪的山坡，坡上有个洞，里面几个小孩。画的名字是"雪花里的家乡"。雪花里的家乡，雪花里的家，当年的雪花早已消融，就像那些岁月般散去无痕，可是在我心上，在我生命里，那雪花，那岁月，那情感，都在，一直在。

当我离开家乡，当身前身后都是岁月的苍凉，才发现，当年的雪花是那样温暖，蕴含着故乡的深情，让我在长长的路上每一回首，便神飞无限。

第二辑
纸上留香

留在纸上的，是心底的眷恋；留在时光里的，是心情的芬芳；留在生命中的，是永远的感动。

比刹那更短，比时光更长

一个寒夜的梦里，散乱的情节却温暖了一枕的冷清。醒来默坐，窗外依然是飘飞的雪和小兴安岭腊月的寒流，而心底却像落了一场雨，所有曾经的点滴片段，仿佛静静地滋润了一生的时光，从来不需要想起，却一直在心底盈然。

有时候，刹那间的一点光一滴暖，都可成为生命中永不消散的感动。

沿着时光的脚步追溯，我看到了最初的那个刹那。那个时候，刚刚从农村搬进城里，完全不同的世界展现在少年的我面前，便生出许多起起落落的黯淡心绪。或许是自卑心理的影响，在学习方面毫无优势后，便开始用偏激的行动来引起别人的注意。有一次和别人打架后，被老师在办公室门口罚站。当时心里正愤愤，老师教训了我几句，转身开门进屋时，我看见他嘴角扬起一丝笑意。门关上的瞬间，一句他和别的老师说的话从门缝挤了出来："这孩子和我小时候特别像……"

那一刻，心上的茧壳片片剥落。老师曾经那么多的严厉话语，那么多的语重心长，都不及这无意间的一丝笑意半句闲话。许多年以后，再见曾经的老师，已是垂暮老人，从没提过以前的事。或许他不知道，是他当年的微笑和话语，使一个叛逆的少年从此改变。在另一片海阔天空里，那点滴的感动与触动，洗亮了所有的黯淡。

短短的一瞬，影响着长长的一生。或许每个人的生活中都有着类似的情节，看似遗忘，却一直在散发着温暖与力量。就像落在心间不经意的一粒种子，不知不觉中已生长成郁郁葱葱的希望和美好。

就像一个朋友所说，一直自闭，一直恐惧，一直防备，这是她从小到大的常态，只因为她是孤儿。关于家，关于亲情，她只是从书中知道概念，却无法理解其中的意蕴。就这样一直到高中，她几乎一个朋友都没有。就算别人善意地欲与她结交，她也总是冷漠以对。那时班上有个女生是城里人，家境也好，对她总是关心，女生眼中真诚的关怀，让她打开了心扉。对于朋友来说，那个女生真诚的关怀，穿透了所有成长中的迷茫岁月，照亮了以后所有的路途。一如一只温暖的手，轻轻地叩开了她心里那扇冷漠的门。

足够了，漫长的岁月中，哪怕有过一个能融入我们生命的刹那，所有的日子便都有了意义。不管风雨起落，长路长夜，那份感动，那份爱，都会延伸向永远，成为念念间最美的心灵家园。

纸上留香

记得多年前，在舅舅家的墙上看到一幅字画，四个篆体大字"梅馨入梦"，虽然当时是冬天，我们那里也没有梅花，却依然从四个字间感受到了一种若有若无的香气。那不是墨香，而是少年的心中第一次生发出来的意境和想象，从此那四个字便印在了我的心上。

读初中时，有一阵子很盛行一种带有香气的信纸。那时我们常常写信，或是给远方的亲友，或是在杂志上看到的作者，那些好看且带有香味的信纸，被折叠成不同形状，蕴含着不同的意思。那时也曾收到过这样的信，展读之际，淡香盈然，伴着字里行间的温暖，心儿便无比宁静和欣喜。

现在想来，那是纯真年代最朴素的一种香味，却遥远得不可追溯。回忆那些书来信往的时光，即使是最简单的信纸最简短的问候，也在生命中氤氲着无尽的香气，淡雅悠长，一如那些如月澄澈的年华。那些写满思念与思绪的信，就像我们的青春一样，一去不回。在这个通信没有距离的年代，我们失去了等候的味道，也失去了在小窗前在阳光下，捧读远方来信的芬芳心境。

后来读书渐多，知道了唐代女诗人薛涛，也知道了她发明的"薛涛笺"。那是一种深红色的纸，可写信，亦可题诗。又叫"浣花笺"，就像李商隐诗中说，"浣花笺纸桃花色，好好题词咏玉钩"，想来就让人神飞无限。我觉得，薛涛制于浣花溪畔百花潭边的红笺，虽美在其色，更重要的，是其所蕴清馨，未题字句而先成意境，所以历来为人所钟爱。

中学时有一阵子疯狂迷恋上书法，因为当时有个老师是书法家，给我们看过他的不少获奖作品，毛笔字各体皆佳，一下子镌进心里。当时有几个伙伴一起练，找来许多旧报纸，闲时便写，乐此不疲。那时满室充盈着墨香，还有我们欢快的笑声。随着学业的加重，书法渐渐地远去。闲来写上几笔，却是无由地烦躁。那么多年过去，有时想起曾经泼墨挥毫的岁月，便有着一种沧桑感，我知道，我不可能再有那么单纯而无忧的心境。也许，在走过的成长之路上，除了悠悠的墨香，什么也没有留下。有一天，在网上看到当年一起练书法的同学的博文，她却是迥然的心境，她写道：岁月和心情都远去，可是，我却没有辜负当年的那些旧报纸。

没有辜负当年的旧报纸，是啊，那些纸上，曾写下我们多少青春的梦想，留下我们多少稚嫩的情愫，一如初开的花儿，清香满溢。那些香气，那些梦想，那些时光，只有曾经的旧报纸知道。

有一次在一家旧书店买回一箱子书，翻看时才发现，其中竟混有一个古老的日记本，塑料皮儿，中间还有彩色插画。上面的字迹已经变色模糊，就像隔着岁月的尘烟。便饶有兴致地阅读，那是一个女生的日记，记录着少女的心事，多么简单的时光，多么朴素的成长。是的，那个时候，我们就是用笔来和自己说话，对着日记，将满腹之言倾吐。于是想起自己曾经记过的几十本日记，它们就放在故乡的老家里，那一刻，有着一种回去看看的冲动。

前一阵子回老家，翻箱倒柜地找自己的那些日记，却是杳无踪迹。可能父母搬家时，不知失落于何处。满心的怅然失落，那是我从小学到大学的所有日记，现在，想从当年的心事中重温一遍成长也空如一梦。那些年留在日记上的字，也会有着一种香气吧？就像偶然得到的那本女孩的日记，虽隔着漫长的岁月，却依然洇染着我的心境。我希望，我的那些日记，也会偶尔温暖一个人的回望，好能在这个纷繁劳碌的世间，有着片刻的宁静与恬然。

忽然发觉，似乎已经许久不曾提笔写字了，习惯了触摸键盘的手，对纸笔有着畏惧与陌生。那个夜里，偶然一梦，自己仿佛还是少年时，拿着毛笔在旧报纸上写字，写下的每一个字都开出了一朵花，就像当年那些纯真的笑颜，于是梦里一片芬芳，干是醒来时的眼中心上，有着浅浅的濡湿。

碎　暖

　　一个午后，阳光透窗而入，照在一地的书上。我一边整理着杂乱的书籍，一边随着每一本书的入目而在心里生长着往事。忽然，从一本书里落下一张字条，那是一本十多年前的初中语文教材，真奇怪它怎么进入到我藏书的行列中。

　　那张字条已经泛黄，是从大笔记本上撕下的一条，蓝色的字迹已经极淡："老师，我很喜欢听你讲课！"温暖的字句，一下子撞开了岁月深处的一扇门。那个时候，我刚刚到一个小镇的初中当语文老师。第一堂课紧张无比，很是有些语无伦次，下课的时候，我简直羞愧难当，有一种巨大的挫败感。这时候，一个女生走到我身边，把一张字条递给我。仿佛刹那间春暖花开，心中涌动着感动，还有希望在生生不息。

　　想起上大学时，我在学生会的宣传部，有一次布置一个会场，我在黑板上写美术体大字。下面有一些学生在自习，会议快开始前，他们纷纷离开，忽然，一个女同学走到我身边，把一张字条放在桌上。我一看，上面写着："誓言的誓写错了！快改过来！"我一惊，仔细看黑板上的字，一时又惭愧又感动。

我读初中的时候，班主任是一个很年轻的男老师。他教我们地理，在他的课上，我们常会有一些小动作。有一次下午地理课，他在前面板书的时候，我便写了张字条给前面隔了几排的一个好友："放学去河边的草地上踢球，多叫几个人！"趁老师转身的时候，我抛了过去，好友接过后，便回抛了一个给我："你再问问别人，看有多少人去！"于是我又炮制了多张字条，团成团四处抛飞。

谁知很不巧，向最前排抛去的那个纸团由于用力过猛，竟落在了老师的讲台上。恰好老师转过身来，他很好奇地打开字条看了看，没说什么，继续讲课。过了一会儿，他让我们自行把课文默读一遍，记住一些数据。正低头读着，忽然发现老师走到我身边，悄悄地把一张字条放在我桌上，上面写着："我也去踢球，放学后记得叫上我！现在是上课，要认真听讲。"那一瞬间，心里有一种说不出的感受。而自那以后，老师便融入我们之中，他也让我们明白，一个老师也完全可以不用绷着脸就能让学生从心里听从敬服。

阳光暖暖，我坐在一堆书中间，任思绪飘飞于一张又一张字条的往事之中。曾经在一个幼儿园的墙上，看到许多字条粘贴在上面，都是父母写给自己孩子的只言片语——如"宝贝，妈妈不求你以后能大富大贵出人头地，只要你一生平安就好！"每一字每一句都浸润着父母浓浓的爱，这家幼儿园把这些字条都精心地收藏着，说等孩子们长大以后，让他们回来看。我想，当长大的孩子们重回幼儿园，找到父母当年写给自己的字条，心里该是怎样的温暖和感动。

一个朋友是孤儿，她却从不悲伤黯然，她说她也有亲情，她同样在母亲的爱中成长。有一天在她家里，她小心地拿出一张字条，上面已经塑了封，潦草的字迹，仿佛临时匆匆写就。开始是一串年月日时，是她的生日，然后有几句话："妈妈会心痛一生，会爱你一生，你永远是妈妈最珍贵的宝贝……"

朋友的眼中满是幸福漾然，那一张字条，是她生命中所有温暖的来处。记得一个高中同学跟我讲过，有一次他和家人怄气，便选择了离家出走，让他伤心的是，父母并没有阻拦他。及至在另一个城市走投无路，他偶然在衣服最里面的一个口袋里，发现一些钱和一张字条，是母亲的笔体："走够了就回家吧！"短短的一句话，瞬间消融了心里的坚冰，流淌着暖暖的感动。

常常流连于那些让人难忘的只言片语，那样的时刻，仿佛时光都走得那么轻缓。那些点点滴滴的暖，汇聚成爱的海洋，无时无刻不在包围着我们，生命，才会于变迁中而不苍凉，生活，才会于坎坷中依然那么多情而美好。

夜归人

  无边无际的夜，心里却暖暖的，连脚步声都同心跳一样急促，因为前方有一所亮灯的房子。在夜里回家，有着一种特别的感受。也许是暗夜与家灯的对比，便将心底久泊无依的思绪与那一窗的温暖相融，仿佛一直黯淡的际遇，此刻全被回家的心绪点亮。

  遥远的少年时光里，有一次深夜回家的经历。那时还在县里住校读高中，一个周末的晚上，忽然有一种强烈的回家冲动。于是走出校门，此时已是夜里九点多，早没有了通往乡下的车。正是盛夏，星光满天，出了县城，便是土路，两旁是茂盛的庄稼，空气中流动着清香的气息，我一直向前走。回家要穿过一大片荒甸，阴森无比，还有乱坟无数。走到纵深处，恐惧紧紧围绕在身前身后。向前望去，看见村里的点点灯火，便觉心中一暖，周围的荒凉也似乎充满了情趣。

  当村子近在眼前，看着家里的草房，那在黑暗中的影子，就如山一般给我无尽的安全感。推门进屋，扑面而来的灯光，还有父母惊喜中带着担忧的脸，却深深刻在那一瞬的心底，在无数个未来的日子，那个情景都会在无眠的夜里潮起。

后来，在一个陌生的城市，等待父母到来。也是一个夜里，自己成了屋里的守候者，父母成了夜归人。那时，父母只是打了个电话，说这一天要到，并告诉我不要接，来过好几次，能找到。通信的不便，使得我竟不知他们坐什么车，几点到。只好守在家里等，直到夜幕长垂。此刻，终于知道那种滋味，想想以前的多次回家，父母交织着盼望与担心，等得该是怎样辛苦。

曾有个同学，少年时，有一次和父母负气离家出走。在外游荡了几日，终于还是回来。他特意选在一个夜晚向家里走去，怕看见那些熟悉的人。他一路心情忐忑，不知将要面对的是怎样的情景。他说："我一到家门口，听见院子里的狗叫声，眼泪一下子就淌下来！"而他的父母，并没有责怪打骂，只有欣喜和心疼。原来，那个叫家的房子永远敞开着温暖的门，等着我们的归来。

在晚上回家，就像从长长的夜里走向光明和温暖，家永远是等着我们憩息的巢。就像有人所说，因为喜欢回家，所以才要常离家在外。喜欢在夜里归来，踏着一地的思念，任这条路风雨起落，可在路的尽头，却有着一所房子，亮着一盏灯，和灯下牵念着我们也被我们牵念着的白头人。

清澈的声音

有一些声音就似遗落在人间的精灵，偶入耳中，便入心底，濯洗着那些漫漫尘埃，让心温润如初，仿佛流年沧桑还不曾浸染。

十多年前，在一个大山深处的小村当了一段时间代课老师，那时正失意，在这天涯一般的地方，一种朴素的美将一颗烦躁的心安抚得极为柔软平静。离开的时候，正是秋天，满山的树都斑斓着离别的心绪。翻过那座山，便是一条通往镇上的路，脚步刚刚踏上那片崎岖，就听到身后的山顶，一个孩子的声音遥遥传米："老师，我会想你——"

那声音带着山间溪水的清透，穿过满山的树，直击在我心灵最柔软处。那个女生，我上课的这三个月时间里，从不举手回答问题，也不敢读课文，甚至课间也不大声地说话。不管我怎样鼓励她，她都是怯怯的，只是有一次，悄声对我说："老师，我一定会大声地说话的！"

在我悄悄离开的时刻，她用她响亮的声音为我送行，回望，她小小的身影，在远远的山顶，那声音依然在回荡，回荡，回荡成一片温暖的海，漫流过我以后所有的日子。

记得去年回故乡，正是冬季，漫天飞雪。慢慢行走在大街上，脚步声敲醒着许多沉睡的过往，在这个小小的县城里，我曾度过整个的中学时代，二十年的烟云易散，不散的只有这个城市每个角落拥挤着的回忆。

忽然，听到有人喊我的名字，隔着风雪，隔着车流人海的喧嚣，仿佛久违的呼唤。这许多年中，无数次听到别人喊我的名字，却都没有此刻的感受。那声音里，带着一种清澈的亲切，一种纯净的惊喜，我转头看，一个和我年纪相仿的男人，正目光闪亮地看着我。我一声惊呼，虽然过去了那么多的岁月，我依然一眼认出了曾经的中学同学。相拥的那一刻，周围全是直入人心的暖。

说了些什么已经不记得了，而那一声呼喊，却一直响在耳畔，将心一次次拉回那圣洁遥远的时光里，那些朴素而温暖的情谊，总是在风尘漫漫落寞重重时，悄悄浸润着心中所有的希望。

去年夏天，在老家，中午小睡，梦见自己依然是儿时，睡在母亲的身边，做了噩梦，大哭，梦中醒来，发现母亲不在，便大喊。却听见母亲就在耳畔叫我，一如童年。迷梦归来，母亲白发萧然，问我是不是做噩梦了，因为听见我不停地喊她，就像小时候一样。

我知道，我在梦里听见的母亲的呼唤，是此生最美的声音；而我在梦里喊出来的"妈妈"，却是母亲耳中永远响着的眷恋，纯纯如山顶的月。

温暖一生的四句话

初中时，语文老师是个严厉的中年女人，姓王，那时我刚从农村转来县里中学。

我写字极潦草，在王老师的管教下，已经工整了许多。第一次交作文，我还是有信心的，心想就算字写得难看些，作文的质量能弥补字迹的不足了。听说王老师就要调走了，这些天上课一直有个年轻的林老师跟着听课，准备接手我们班的语文课。

当我满怀希望地盼到作文本发卜来时，迫不及待地翻开，却如遭了当头一棒，我的三页作文被撕下去了！王老师有这个习惯，谁作业写得不好，都会撕掉重写。万万没想到，自己很有信心的作文，也是这个命运。全班就我一个人被撕了，心情黯淡到了极点。当我把重新写的作文交上去后，过了两天，课代表把我的作文本拿了回来。我翻开一看，还好，这次没有撕。

我随意翻了翻，在作文后面看到一句鲜红的评语："你的作文是班上最好的，所以我把前一篇撕下来，留着做纪念了！"那一瞬间，心里猛然一暖，再也没有了怨恨和不满，眼睛一下子就濡湿了！我跑去办公室，却见一直跟着听课的林老师在那里，她说："王老师已经走了，调到别的城市去了！"

王老师留在我作文本上的那句话，温暖着我许多的学生岁月，及至以后走上写作这条路，与此也有着极大的关系。只是那以后，到现在的二十多年里，却再也没能见到她。

直到在沈阳上大学的时候，当年初到县城读初中时的那种自卑又再次出现。虽然那个时候，我的文章已经写得很不错，也发表了许多文章，可是，却无法支撑我在其他方面的全面崩溃。那时很孤独，几乎没有朋友，没课的时候，我就拿上本书躲到学校后面的河边，常常坐到夜幕长垂。

大二那年的冬天，我依然没事时去河边静静地待上会儿，河流已经凝固了形状，两岸都是洁白的雪地。我的足迹就延伸到那棵树下，每天每天，足迹的重叠，成了一条窄窄的路。那个下午，我像往常一样来到河边树下，却发现雪地上有一行字：祝你生日快乐，开心地度过每个春夏秋冬！

久久凝视着雪上的那行字，就觉得心里有什么东西悄然破碎，涌动着一种莫名的情绪。一直以为，没人会注意到我，没人会知道我的生日。回去的路上，鞋踩在雪上，一种很动听的声音，周围的冰封雪盖，忽然就充满了温情。那一行字早就随着春天的到来而消散，却又似乎一直刻在我心上，伴我度过了好多个寒冷的季节。

大学毕业走上社会，那些校园中的雄心壮志和斑斓梦想，在现实中被无情地撞击得粉碎，于是失落接着失落。有一年，为了排遣心中那份落差，为了躲避白眼冷遇，我去了一个极偏僻遥远的大山深处的村庄，当了一段时间的代课老师。在那天涯一般的地方，面对那些纯净的笑脸和清澈的眼睛，心里也渐渐地宁静下来。每天，除了讲课，更多的时候，孩子们会问我山外的事，听我讲那些时，他们的眼中全闪着向往的光。

我在那里待了三个月，离开时，正是秋天，满山的树和花正绚烂得一片深情。孩子们爬上前面的那座山，然后，那个当班长的女生给了我一张叠着的纸，让我出了山再看。当我来到镇上，坐上通往县城的汽车，大山已被远远地甩在了身后。我打开那张纸，是一行字：舍不得老师，可不会留您，以后我们会去山外找您！二十个字，二十种笔体，我知道，是班上的二十个孩子每人一个字写下的！

回望大山，已淡成一道浅影，又在我潮湿的目光中朦胧起来。孩子们的梦想重新点亮了我的梦想，从而让我再次回到繁华的都市中，心里再也不黯淡，而是充满了温暖的力量。

最后一句温暖的话语，也是在一个陌生的城市出现的。我生病住院，身边无亲无朋，百无聊赖，便总到室外去吸烟，那些日子烟量大增，一包烟常常是不到一天就不知不觉地没了。邻床是一个十一二岁的小女孩，总缠着我给她念书，她听得很入神。几天后女孩出院，我便把书送给了她，她极兴奋。临走时，她跑回来，塞给我一张字条，然后云一样飘走。

字条上写着：你的烟我每天都偷出好多支，别再吸烟了！那一行整齐的字，一下子击在我心底最柔软的角落，觉得心里暖暖的。

这四句话，都铭记在心里，总会在落寞重重时，在我生命里开出永不凋零的感动。

忽然想起，前年回到家乡的县城，在街上邂逅初中时后来教我们语文的林老师，她已经有了白发，提起曾经在我作文本写下那句话的王老师，她却笑着说："其实，那句话是我写的，王老师走了，我怕你对她有抱怨，我怕你因此对写作失去信心，所以……"

在七月的阳光下，我的眼睛刹那间就湿了。

气味的印痕

有些没有形质的东西，往往会于不觉间在心上留下不可察的印痕，在某些酷似从前的情境里，蓦然触动，会唤醒所有的昨日。比如气味，一生的记忆中，仔细回想，似乎很少有留下印象的，可是在某些时刻，一缕似曾相识的气味，便会引出难忘的人和事。就像有的人一闻到某种气味，便会想起儿时母亲做的某种食物，便会记起那段岁月的深情。

小时候，外公是木匠，每天都在外屋的空地上打造着各种木制品。那时一进门，便是满屋的木屑味儿，不同的木头有着不同的气味，平时闻不出来，当它们在锯子下流淌出粉屑，清新的气味便飘满了屋子。外公几乎每天都这样忙碌着，那些木头的气味伴随着我的成长。后来外公去世，那些木头便没有了，气味更是消散，而我家也搬到了县城，更是远离了那些树。那种气味在生命中渐远渐淡，直至遗忘。

直到十多年以后，有一次我偶尔经过一个空房子，闻到了熟悉的木屑味儿，那一瞬间，忘了迈步，就像时光深处飘来的一缕水汽，让我找回了曾经失去的温暖海洋。想起当年的草房，想起屋里的散乱木头，想起挥舞着锈刨斧锯的外公，他的发上沾满了细碎的木屑。原来以为淡去的记忆，其实一直存留在心底。那个下午，我就站在那个门口，看着房子里的人打家具，一如看着我永不再来的童年。

我家附近有一个中药店，不知哪一天起，下班时总能看见一个十一二岁的男孩，背着书包坐在药店门前的台阶上发呆，也不知想些什么。有一天我实在忍不住，便去问他。他说，他每天放学后来这儿坐会儿，就是为了闻药店里熬中药的味儿。从他记事起，妈妈就一直卧病在床，每天都喝着中药，他每天给妈妈熬中药。后来，妈妈去世，他像一下子长大了。再后来转到新的学校，那一天放学后路过这里，闻到了熟悉的中药味儿，他一下子想起了妈妈，所以，每天放学，他都会来这里，闻闻曾经的气味，想着妈妈。

也想起曾经认识的一个人。他在一个偏远小镇的中学当老师，患了绝症。弥留之际，家人问他有什么心愿，他说，他只想再闻闻粉笔的味道。家人从附近的商店买来粉笔，他就在熟悉的气味中微笑着离去。也许，那一刻，他只是想从那熟悉的气味中来怀念曾经的讲台岁月，来纪念不再重现的洁白时光。是的，悠悠的粉笔香，染白了他的发，也将他的生命洇染得清澈无比。

真的，在我们的生命中，草气花香，寻常烟火，那种种不同的气味，都可能记录着一份感动和怀念。那些气味，总会有一种在我们心里刻下无形的印痕，盛满着眷恋，累了倦了时，或不期而遇时，为我们献上一份不期然的美好。

行走着阅读

　　那时常常会出现这样的情景，终于攒够了钱，急急地去书店买下一本心仪已久的书。走在路上，便迫不及待地翻看起来。渐渐地沉入情节的意境之中，便浑然忘了身外的一切，只是保持着走路的状态。记得当时从书店回来常走的那条路极僻静，绝少人车，所以可以放心地边走边看。

　　第一次在车上读书，还是十四岁那年。那是一个五月，我家从农村搬进县城。亲戚开着人货车，车后装满了杂乱物什，我就蜷缩于其间。正是上午，汽车穿过村野，忽见身后倚着的纸箱，知其中装着父亲的藏书，便打开，找到那本还未读完的，于行驶的车厢看了起来。直到车停下，才骤然而醒。当故乡夜夜入梦的日子，回想当日的离别，正因为有了书，才使得年少的我，心中少了几许愁绪。

　　上大学时，常常去大操场上边散步边看书。有那么一个夏日的傍晚，我像往常一样沿着跑道开始读书。在这样美丽的黄昏，别人都在过着精彩的生活，所以大操场上几乎少有人迹。天边云霞灿烂，长风流淌，缓缓地绽放我阅读的背景。

正神游书中之时，便觉撞上一人，然后听到一声低低的惊叫。急抬头，竟愣住，原来被撞的那个女生也正捧着本书，看来我们行为相同，只不过相对而行。更为惊奇的是，那女生看的书与我看的竟是同一本书！于是我们便有了惊喜，开始讨论起书中的情节来。

十年之后的一个晚上，在网上遇见当年的那个女生，打过招呼，问她现在做什么，她回答在网上看书。然后她对我说："真想念大学时，行走在黄昏的大操场上，手捧一本书细细地看，周围是轻风流动……"

刹那间，远去的岁月又重回眼前。忽然想起，似乎已有很多年没有那样读过书了，缓慢的脚步踏动着每一分宁静，心却随书中的一切亦喜亦忧。那一份情怀已在岁月中沧桑遥远，只于回忆中重温一次又一次的静美。

有一次坐火车去西部，极遥远的路程，极漫长的过程，临窗而坐，幸好手中有书。在微微的颠簸颤动中，走进那些别人的故事。有时忽而从书中惊回，望向窗外，或浩浩江河，或巍巍山岭，皆在瞬间滑过眼前，飘摇远去。便有了一种浑然不知书里书外的不真实感，别有一番情趣意蕴在心中。有时一本书读罢，而旅途未半，便于车厢中搜寻，找那同样读书之人交换阅读。枯燥的行程，因为有了书的存在而生动起来。

而现在的我，读书之时多是或坐或卧，不愿移动半分，虽身静，心却无复当年的恬然与灵动。便明白，有的时候，书依然是那些书，因为阅读方式的不同而感触迥异。

　　是啊，多想在落日的余晖里，踩着一地的红霞，迎着清清的长风，再次走进书卷的清香里，陶醉了梦也陶醉了人生。

背负一个春天

　　在我们的小兴安岭，春天来得晚，走得快。当中原大地已经酷暑难耐，这里的各种花儿才开始次第开放。然后雨飞花飞柳絮飞，春天就过去了，它就像在背后推着我们，我们便走进一个依然短暂的夏天。

　　被时光这样赶着往前走，有时候就会感觉，真的是身后背着一个季节走向下一个季节。就像在长路上跋涉的我们，也背负着许多东西。在这个世间，没有一种负荷不是沉重的，就像我们背负着一个春天的明媚和希望，那份重量，温暖而使人不自觉地前行，走进一个繁盛的季节。

　　很多年前，小镇上有一户人家，姐弟二人，都不超过十岁。他们的母亲喜欢花草，园子里便种满了花，每到晚春，园中便一片灿烂。之前的日子，经常看见两个孩子或栽或种，或浇或修，脸上的笑被汗水洗得明净而温暖。闲暇无课的时候，两个人便在园子里剪下一些花枝，摆放在一个很大的柳条筐里，然后，他们用一根木棒抬着，步行去八里地外的县城叫卖。

那么远的路，累吗？闻着香味，不觉得累了。卖花儿做什么？挣钱。挣钱又做什么呢？给妈妈买药。妈妈好了以后呢？妈妈好了就可以种更多的花。你们的梦想是什么？挣好多钱，买带更大园子的房子，种更多的花，我妈最喜欢花了，一定高兴极了。

那些随花香飘散的话语，却在我心底生根。梦想都如花般美好，无所谓伟大渺小，梦想其实是最美的动力。

后来读李清照的那首《减字木兰花》，"卖花担上，买得一枝春欲放"，只这一句，就让我想起当年的姐弟俩。许多年过去，他们简单而美好的梦想，想必不会在岁月里改变了模样。依然芬芳着，在春天里，在清澈的心里。

我更喜欢看一个背着孩子的母亲，匆匆走在路上。或许我们都曾在母亲的背上，度过一段难忘的时光，母亲却从不嫌累。对于母亲来说，孩子是希望，是甜蜜的负担。所以，不管多远多久的路，母亲都能走下去。

我更动容于一个场景，一个小女孩背着一个更小的男孩，很艰难地走着，一边走，一边给小男孩讲故事，小男孩在姐姐的背上时不时地笑着。那么，姐姐背着弟弟，同样不嫌累，而且会细心地呵护，那又是怎样的一种感受？

母亲和姐姐，背上背着的，是孩子，是弟弟或妹妹，是一份爱，无关梦想，没有欲望，而是一种最本真的情感。所以不管多难行的路，都挡不住脚步，不管多瘦弱的身躯，都能支撑起那份爱。

有时候，早晨去送孩子上学，看着她们背着大大的沉重的书包，便会在心底默默地祝福和期望。在未来那么长远的路上，如果身上没有负荷，脚步就会虚浮。那么，我希望她们背负着的，是一种热爱，是一种澄澈，就像那个装满鲜花的担子，就像那个充满生机的春天。

折痕是心里的暖印

　　前些日回老家，夜里睡不着，忽想起曾经收藏的一些旧时之物，便开始翻箱倒柜。有一叠老照片，逐一看去，有我成长中每个年龄段的留影，更有许多黑白的，画面已经泛黄，承载着更久远的岁月记忆。蓦然，一张照片引起我的注意，依然是一张黑白照片，有些变软，似被揉搓后又平展开来，照片中一个年轻女子浅笑盈盈。

　　我一下子站了起来。过往的时光如云雾漫过心间，往事复苏疯长成林。照片中的女子是我的母亲，第一次看到这张照片时，我只有五岁。由于生长在农村，照相是很难得的一件事，一年下来也难有一次机会。所以我和姐姐都特别希望能照相，每次吵闹，母亲都会说："我都没有照过相呢，等来了照相的，一定给你们照！"

　　一个下午，我和姐姐在仓房里玩儿，乱翻东西，忽然就从一本古老的书中发现了一张照片。经过仔细辨认，我们确定照片中年轻漂亮的女子就是母亲。于是很生气地去找母亲，质问她为什么骗我们。母亲接过照片看了看，笑着说："好几年前的了，我都忘了，好了好了，你们别生气了。"母亲把那张照片揉成团，姐姐忙抢过来，不知为什么，那一刻，我心里很难过。

隔着遥远的时空，我细抚着照片上的折痕，一如触摸那些永不再来的岁月。现在的母亲，早已白发苍苍，无复记忆里的年轻模样，更难想象照片中的青丝红颜。那每一道折痕都似刻在我心上，仿佛是我们亲手揉碎了母亲绝美的年华。

在一个小小的木盒里，我找到了一摞书信。翻看，竟然是我在外上大学时写给家里的信。那几年的大学时光，想来并没有写太多的信给父母，没想到这些信依然保存着。我仔细看着每一封，仿佛依然是当初的想家心切，依然是年少时对父母的依依眷恋。只是，当年父母写给我的信，却已不记得失落于风尘何处，心中无由地痛。

我发现，我写的每一封信，信纸的折叠处都被母亲用透明胶粘上。一时神思飘荡，可以想象，那无数个在外的日子里，母亲怎样一遍又一遍地看这些信！折来折去，使那折痕渐深渐裂。无边的愧疚包围着我，在这样一个无眠的夜里。

坐在灯下良久，心里涌动的情绪却依然不能平息。继续寻找，在床下的一个纸壳箱里，全是我的日记本。我看着那些日记，就像穿行于成长的岁月之中，许多已被蒙尘的情感，在濡湿的心里重又清晰。看了一些之后，便止住，我的心无法承受太多记忆的负荷。随意翻看，却见大学时许多本日记中都有折上的几页。细看折上的那些日记，都是我心情不好或者生病时的琐记。

我知道，那是母亲在看日记时折上的，心疼牵挂着我在外所有不如意的时刻。从没有哪个时候能如这一刻，让我如此真切地感受到母亲对自己的爱。是的，不在母亲身边的日子，我每一个失落的时刻，都是母亲心底的折痕，永难磨灭。而母亲的爱也会成为生命中的折痕，那每一条痕迹里，都盛满我的感动，我的心痛，我永远的眷恋。

在这个夏日漫长的夜里，就静静地坐在灯下，我轻轻抚过那些折痕，一如触摸母亲永远无私的爱与情怀。

鸟儿很快乐

"太阳还没起床，鸟儿就起床了，它们飞在晨风里，唱着自编的歌儿，很快乐……"

邻家的女孩正声情并茂地给我朗读她写的作文《鸟儿很快乐》，在她柔软的笔触下，每一只鸟儿都无忧而欢乐，就像开在天空上的花儿，在她清澈的眼中写满了欣喜。

我故意逗她："很多早起的鸟儿，是为了找虫子吃！"

她瞬间便敛了笑意，想了半天才说："鸟儿吃的虫子还是害虫多！再说，虫子多招人讨厌啊！"

我又说："可是，那些很丑的虫子，有的可是会变成美丽的花蝴蝶哦！"

她的脸红了，直到一群鸽子飘摇着飞过，才很不甘心地说："有些鸟儿是不吃虫子的，就像这些鸽子，它们肯定是快乐的！"

有一个早晨，我带她在小公园里闲逛，林间的空地上，一些老人提着鸟笼在交流鸟经。笼里的鸟儿见到同伴，很是兴奋地跳跃着鸣叫，声音极是婉转动听。

于是我就对她说："看，这些鸟儿多快乐，它们唱的歌儿多好听！"

她却一反常态："这些鸟儿一点也不快乐，要是我整天被关在家里，也不会快乐！"

然后她问我："为什么有的鸟笼外面要套一层黑布呢？里面的鸟儿是不是会闷死？"

我也不知道为什么，便去请教那些老人。老人告诉我们，用黑布罩住鸟笼，可以遮光，可以防鸟惊撞，还能防寒防风。我和小女孩一样听得似懂非懂，我以为鸟儿的一双翅膀就可以解决一切问题，却不知这里有这么复杂的东西。

回来的路上，她不停地说："鸟儿会怕光吗？你看早晨太阳升起，多少鸟儿在飞在叫。还防鸟惊撞，关在笼子里本来就已经吓得够呛了！防寒防风，鸟儿不就是在风里飞的吗，从没听说过有被冻死的鸟儿！再说了，冷的时候，它们可以飞到温暖的地方去啊，就像燕子啊大雁啊什么的！"

到家门口的时候，她做出了总结："他们都是骗人的，就是不想把鸟儿从笼子里放出来！"

有一个周末，她不知从哪里听说，城郊建了个百鸟园，非要让我带她去看看。

那是一片小林子，周围和林间竖起了许多很高的铁柱，支撑着细密的网，将整个林子笼在其间。里面各种不知名的鸟儿在林梢在枝叶间翻飞啼鸣，还有一些倒挂在高高的网顶，就像在出神地看着天空。

她兴奋地看着那些美丽的鸟儿，有些鸟儿竟然不怕人，就在我们周围飞来飞去，偶尔会落在身畔。她满脸笑，目光轻轻地抚过它们美丽的羽毛，却从没想过要伸手去摸去抓它们。她的神情很满足，她说从没见过这么多的鸟儿，而且都是那么美丽，声音那么动听。

　　我们一边讨论着一边走出这个百鸟园，走出很远，她回头看，神情便淡下来，说："好大的一个笼子啊！"

　　我也想到了那些在笼子顶端仰望天空的鸟儿。她说："这些鸟儿看着开心，其实它们一点也不快乐！"

　　一直闷闷地回到家，我们窗前的一棵樱桃树上，落着两只麻雀，她便立刻转换了心情，一直看着它们飞走又飞回，听着并不美妙的叫声，却是兴奋无比。她说："它们才是真正快乐的！不去想了，还是在外面自由的鸟儿多，快乐的鸟儿多！"

　　那两只麻雀那两天一直在樱桃树附近，并不飞走，她便也经常在那儿看着，很安静地看着。脸上带着微笑，不知心里在想些什么。

　　周一的早晨，阳光灿烂。两只麻雀依然在枝上啼叫，她背着大大的书包从我的窗前走过，和我打过招呼，说："你帮我看着这两只麻雀，我得进大笼子去了！"

闲花落地听无声

最难得，是闲的时候，而且静。那种闲，不但要身闲，还要心闲；那种静，不只要环境静，还要心静。

花开的声音，需要一颗不染尘埃并充满了生机希望的心，才能捕捉得到；而花落的声音，则需要心闲意静的时候，才会进入耳朵进入心灵。花开的声音，是主动去听；花落的声音，是随天籁而自然落进心底。

有时候，在这纷扰的世间行走、忙碌，生活充实得过了头，就成了负担。便很羡慕那些有闲的人，总梦想着自己每日里也可以悠闲无比地生活，自由自在，无拘无束。想象中，那样的生活，不管怎样的内容都是好的、惬意的。可是真的过了一段那种闲的生活，即使没有生活的压力与顾虑，也会身闲而心乱。人总是闲极而无聊，静极而生动。

有时候，在繁忙的生活中，忽然有了短暂的闲，会觉得弥足珍贵。只属于自己的时间和空间，看电影，看书，写字，弹琴，或者就是发呆也好，都感觉美妙无比。仿佛时光就在身畔泛着涟漪，尘世中曾扰攘着的，依然在，却无法侵入愉悦的内心。仿佛一个温柔的缓冲，不知不觉地改变着心情，积蓄着力量。

在闲适的生活中，有的人"日长似岁闲方觉"，会感觉很漫长，度日如年；而有的人，却是"偶来松树下，高枕石头眠。山中无历日，寒尽不知年"。果然是若无闲事挂心头，便是人间好时节。同样的闲，为什么有着迥然的感受？其实还是心的原因。闲的是身而非心，所以即使无事，也会烦恼。以前的渔樵，虽劳累，却歌声入水入云，那便是一种属于心的闲，所以即使忙碌，他们依然是悠然的，快乐的。

我们现在身处的生活，熙来攘往，名缰利锁，追逐之中就很容易混淆了梦想和欲望的界线。我们不可能清心寡欲，也不可能万事不挂怀，可这并不妨碍我们拥有闲的生活。我们可以在劳碌中，偶尔抬头，看一片飘在风中的柳絮，便带走了思绪；也可以偶尔低头，看一朵开在墙角的小花，便芬芳了心灵。

浮生半日闲尚不可遇，可有了闲暇，有的人却偏要寻愁觅恨，或者伤春悲秋，非要把好好一段光阴弄得怅惘不已。人生难得闲暇，莫缠闲绪，莫觅闲愁，且掬四时清流，漫濯心上轻尘。春风春柳，秋月秋花，足可动人心怀，人闲桂花落，让心与自然交融，才会过得情趣盎然。所以，愿能于闲里光阴，坐拥静时情怀；于花朝月夜，轻品岁月如茶。

当你看到一朵闲花随风飘落，当你能听到落花亲吻大地的无声之声，那么，你就拥有了真正的闲适，也拥有了真正的美好。

黑悠悠，思悠悠

多少儿时的回忆，就蕴敛成那平凡植株上的点点串串，在思绪的碰触之下，便碎裂成满心的甘甜。它们在大地上的角落生长，只吸引着儿童少年最清澈的目光，也唤醒着大人们心底最甜美最无忧的往事。

我还是那个小小的少年，行走在成长里，就连心事都那么洁白。不知什么时候，心事邂逅那一株黑色的星星，便悠悠然有了快乐的寄托。

小小少年知道那叫黑悠悠，长大以后，他知道，在东北有些地方，也把那美丽的植物和果实叫黑天天，或者黑星星。他也隐约知道，可爱的黑悠悠学名似乎叫龙葵。可他依然独爱黑悠悠这个名字，每一想起，就似乎是在风里悠荡，在心里悠然。

那个宁静的夏日午后，小小少年走出院子，走进田野，阳光漫天扑落，湮没了小小的村庄。他一步一步走进田间的毛毛道，每一步都踩在田垄上，他只想在这晴朗的天地间自己走上一会儿。

然后，他的目光便相遇了一棵黑悠悠，就像重逢了一个小伙伴。他蹲下来，细细地看，于是其他的黑悠悠便都悄悄在他身前身后现身出来。

还未到成熟的时候，那些争先恐后结出的果实，还青青的，大的如最小的黄豆粒儿，小的如米粒儿。一根细细的枝端，簇拥着三五颗，或者更多，像许多小小的碧绿的眼睛。他多希望它们早些变成黑眼睛，于是口中和心里便有了微微的甜。

那个午后，小小少年流连在还未成熟的黑悠悠身畔，想着时间真是神奇，可以把苦涩变成甜美。有时候，他会困惑，到底是这种植物叫黑悠悠，还是这种果实叫黑悠悠。他记得母亲说过，在后面的园子里有几棵黑悠悠，年年长。可他记不起黑悠悠开花时的样子，也许黑悠悠没结果之前，它们也是被小孩子忽视的。

于是，第二年春天开始，他就提醒自己，今年要记得看黑悠悠开花的样子。于是草发芽了，树也绿了，园子里一片欣然。可是，哪一棵是黑悠悠？他只好继续等，就像去年，等那些绿眼睛变成黑眼睛，等那些苦涩变成甜美。夏天的时候，他每天都去后园的墙角看几回。终于有一天，他看到了花朵。

在小小少年的眼中，那是很小很小的花朵，张开的花朵，底端连接成一体，然后分出五瓣。莹莹的白，比雪柔和，比纸生动。花瓣中间是嫩黄而粗壮的蕊。像一颗颗白色的五角星，缀在枝叶间。他猜想，这，可能就是黑悠悠了。继续等，直等到花儿落了，那些碧绿的眼睛再度圆圆地张开，他的心里便有了浅浅的喜悦。是童年的小秘密，如那些小小的花儿隐藏在岁月里。

依然是那一年，孤独的小小少年走在田垄间的毛毛道上，从夏天走到了秋天。

那些黑悠悠悄悄地成熟了，他摘下了一颗，轻轻地放进嘴里，一份美妙的感觉便弥漫开来。他摘下一串塞进嘴里，不顾汁液淌出来，染黑了嘴巴和脸。西风吹过的田野上，他遇到了许多黑嘴巴的小伙伴，他们互相笑着，互相露出黑黑的舌头。快乐和脚步一起洒满大地，小小少年的孤独被湮没了，而一份眷恋却在生根。

后来啊，小小少年长大了，故乡也遥远了，黑悠悠也不见了，他有时也真的孤独了。可是那些黑悠悠和那些快乐，也许一直都在，等着他蹲下来，用最清澈的目光去相遇。

鸭半日，水一生

　　那七只鸭子从岁月深处蹒跚着走来，带着温暖的笑意，踱过村中的柴门土墙，穿过布满牛羊蹄痕的乡间小路，小河的流水声就打湿了它们的翅膀。

　　此时天已过午，年迈的太阳在头顶上累得走不动，庄稼们默然，偶有不肯午睡的风极快地溜过，将路旁老树的枝叶刮擦得摇摆不定。鸭子们没有注意这些，它们的眼里只有一河流水。一近岸边，它们的队形就散乱了，低低地欢呼着扑入那一脉清凉。河水便同它们一起笑。鸭子们就游戏在小河的笑容里，午后凝固的时光也开始泛起美丽的涟漪。

　　于是岸上那个小小少年便坐了下来，坐在睡着了的树下，坐在慵懒的阳光里，身畔的花草流年也是一片默然。蜂儿不鸣，蝶儿不飞，眼中只有流水悠悠，只有那些灵动的鸭子。那时他想到了鸭子的命运，也想到了河流的命运。在这条河里，曾经嬉戏过多少鸭子，就像流走了太多的浪花。或许鸭子们也如一条流动的河，远逝的寻不见，眼前的也留不住。多年以后，河流改道他乡，那个少年也是历尽风霜，而记忆中的鸭子依然欢乐。

当日头终于挪过中天，少年身后的村庄便醒了，农田里的庄稼也被劳作的人们吵醒了。而河里的鸭子却睡着了，静静地浮在水面上，河水轻轻地将它们摇动。树下的少年也睡着了，睡得很轻，能感知到醒着的一切，感知到光阴的脚步轻轻地从身边走过。不记得有梦，却又是最眷恋的梦，在很久以后，那个场景时常入梦。

鸭子们也醒了，不知它们会不会有短暂而飘摇的梦。它们爬上岸，抖落身上的水珠，水珠落地的声音便把少年唤醒了。他揉着眼睛四望，蜂儿蝶儿飞舞在花草流年里，仿佛一梦之间，一切都改变了。就像是自己又长大了一点点，村庄和大地又苍老了一点点。

离开了河的鸭子并不回头看，它们不留恋，因为河一直在那里，每个午后都可以来。它们也并不回村庄，而是排着队摇摇晃晃地走向村南的大草甸。大草甸里百草丰茂，大大小小的池塘点缀其间。虫儿飞，虫儿爬，鸟儿在高处，鱼儿在水中，这是一个广阔而忙碌的世界。鸭子们喜欢，它们先是在草地上穿行，偶尔追逐从草尖上跳过的蚂蚱。有时候它们会无缘无故地停下，全侧着头，似乎在倾听着什么。直到看到池塘，它们依然入水。

池塘的水与河水完全不一样，它是安静而沉默的，周围高高的水草也是沉默的。鸭子到来之前，会有蛙儿偶然打破沉默，会有鱼儿调皮地露头，池塘便绽开了层层的微笑。鸭子们进了池塘，开始捕食那些鱼儿。它们把头和脖子扎进水里，好一会儿才拔出来，飞快地抖翅摆头，甩落无数的晶莹。池塘就欢快起来，碎了水中的云影，周围的水草也受到感染，不停地摇动身姿。

　　小小少年也来到池塘边，坐在草地上，看着池塘发呆。他知道河流会一直一直流淌，池塘也许明年就会消失。想到这里，他就不再往下想，拾起土块儿不停地向水里扔，于是叮咚声便带着水的清澈传出来。鸭子们先是愕然，随即便恢复了忙碌。倏然间一场雨落下来，少年左顾右盼，然后跑向不远处的一个草窝棚，一头钻了进去。鸭子们依然不受影响，起初，它们还追逐着去啄雨点敲在水面上溅起的泡泡，当雨渐大，它们便寂然不动。在水的世界里，它们静静地感知着只属于它们的情趣。

　　雨很快就停了，鸭子们终于决定回家。太阳已经滑落到西边，满甸子蒸腾着雾气。那只公鸭带头走在前面，它们在草地里缓缓前行。归途中的它们没有来时的欢快，沉默了许多。少年从窝棚里钻出来，看见池塘已经恢复了平静，一场雨的路过，它也变得盈然。少年四顾，便看见了那些在草叶间时隐时现的鸭子。于是少年也踏上了归路，沿着鸭子的方向。他低头间看见，阳光下狭长的草叶上，许多晶莹的水珠，或静或动，每一颗里都是蓝天。随着脚步的经过，那些水珠便纷纷破灭。他抬头看了看，蓝天依然，便收回目光继续赶路。

　　少年不知踏碎了多少水珠里的蓝天，鞋和裤脚都湿了，他就觉得蓝天已经融化在他的脚上腿上，就觉得自己像是在飞翔。鸭子们也在飞翔，在水珠与蓝天之间。走出草甸时，少年回头看了看那些已经变得如弹珠般散落的池塘；快进村时，他回头看了看西边的那条小河。鸭子们却不回头，慢悠悠地把脚印写在泥泞的土路上。

到了一户的柴门前，鸭子们从门的缝隙里笨拙地钻进去。少年却并不开门，而是跃上门旁的土墙，先鸭子们一步轻巧地落进院子里。鸭子们瞬间的愣怔之后，便若无其事地解散，各自寻地方休息。

少年也休息，在窗前的阳光下。身旁的几只鸭子偶尔会偏过头看他一眼，少年便会和它们短暂地对视，刹那间，他觉得鸭子的眼睛像村西弯弯的河，想起河，他神思就飘忽了一下。不过他并不担心河，河祖祖辈辈都存在着，也会一直存在下去吧。而这些鸭子，它们，会有几只能依然亲近明年的河呢？

那整个下午，少年跟着鸭子，从小河到池塘，他和鸭子们，都是孤独的，水也是孤独的。少年的孤独是对成长的渴望和恐惧，鸭子的孤独是短暂的欢娱，水的孤独是永恒的疲惫，这些孤独就在半日的时光里碰撞在了一起，或许，只在少年的心里留下了痕迹。

所以，在许多许多年以后，回望，那些戏水的鸭子已经消散，那个小小的少年也模糊得难以辨认，只有那条河的一生还遥遥无尽头，就像已经中年了的少年，心底流淌的乡愁，盈盈然看不到尽头。

处　暑

　　处暑是一个很容易被人忽略的节气，它是一个不知不觉的过渡，把一个季节的凉热暗暗变换。它悄悄地走过，仿佛夏日裙裾带起的凉风，无声无息地弥漫了整个人间。

　　在故乡时，有句农谚："处暑动刀镰。"秋天正在走向深远，一些庄稼已经走到了极致，沉甸甸地等着幸福的刀镰来收割。大地上色彩缤纷，即使风再凉，也熄灭不了那一种斑斓的喜悦。

　　童年的脚步走过村南的大草甸，渐黄的草尖上，阳光和风依然在轻轻地滑落，在八月的大地上，流淌成一种清澈的眷恋。就是在这样的天地间，童年走到了少年，少年的脚步依然踏着长长的西风，在草甸深处，少年便又看到了长长的钐刀，在阳光下闪过凉凉的光芒，高高的黄草便一排排地倒下，堆积成一地的金。

　　那些苫房草被切割整齐，干了后，便裹挟着八月的阳光和清风，给每一家的房顶换上崭新的颜色。我喜欢站在院子里，看着房顶散发着芬芳的新草，看着檐下的燕子盘旋着在最后眷恋那个温暖的巢。我把它们一遍遍地写进眼睛，然后在多年以后的秋天，再一遍遍地回放，温暖离巢的我在异地他乡的苍凉。

在处暑节气的十五天里，还有着一个让人追思而伤神的日子，那就是中元节。农历七月十五，一个纪念先人的日子。

曾经的那些亲人的身影，有太多已经在大地上消散。爷爷，姥爷，父亲……在那个日子里，他们都在我的记忆里团聚，音容如旧，笑语如昔，把一段时光重新清澈于我的心底。所有亲人都在的秋天，是我生命中永不再来的美好。

处暑，真的是一个蕴含着太多思念的节气。一份凉意使思绪满是沧桑，曾经的少年，已经站在昨日的舟上渐行渐远，时光的河流，两岸骊歌，所有的离别，都如南归的大雁，只是在清远的天上，写下无尽的伤感，垂落下几声浅浅的哀鸣。

有收获，有灿烂，有变迁，有思念，有开始，有结束，我心中的处暑，从来都不是一个可以忽略的节气。它甚至是我的一种情结，总是在西风渐起的时候，唤醒许多不期然的美好与怀念。缠缠绕绕于心的，非是寂寞的想象，而是一个遥远的情节，隔着数不清的岁月，依然生发出更多的细节，把生命一次次推向圣洁遥远的归宿。

所以，处暑，是我的一种情怀，无关风月。

因为书在那里

为什么喜欢读书？就像我问登山运动员为什么喜欢登山，他回答，因为山在那里。所以，因为书在那里，就会有喜欢读书的人。而对书的喜欢，是从心底的热爱，人与书的相遇，总会碰撞出一些意想不到的美好。

有的人喜欢读史，在历史的长河里冷眼看兴衰，有着一种冷静的睿智和深刻的思考，看得多了，一切便如烟云，纷繁的过往，那些阴谋阳谋，那些钩心斗角，都在书卷间渐淡渐远，只剩下一颗心的通透。读史的人往往喜欢引经据典地讲解历史，而以简明的概括结尾，让听者豁然开朗。

有的人喜欢读哲学，那些朴素的哲学是他们眷恋的天地，孔子的仁爱，老子的无为，庄子的豁达，墨子的智慧，徜徉于其中，若蜂飞百花，阳光漫洒。他们有着古典的情怀，有着超然的思想。尘世里的繁杂并不能沾染他们的心，就像红尘湮没不了一扇窗的风月。他们的心里有着一种坚守，与现实似乎格格不入，而与内心却水乳交融。

喜欢读散文的人，大多具备浪漫的情怀。那些带着诗意的语句，总能让心灵濡湿。他们的心里天高地阔，流风流云，每一朵浪花都能激起激情，每一张笑脸都能点燃热情。他们开朗乐观也多愁善感，他们天马行空却有着自己的方向。在他们的眼中，万物万事皆有动人之处，所以总能于平淡的生活中找出那些让人动情的点滴，汇聚成温暖的海洋。

小说是另一种人生，读小说的人就像是在过着另一种生活，虽然在别人的故事里起伏，却赋予了故事自己的灵魂。他们会编织动人的情节和细节，他们的生活永远不缺少惊喜和奇迹，他们的心里也会永远有着希望和梦想。他们从不会在日复一日的平凡生活中麻木，也不会让心于风尘沧桑中蒙尘，他们用一颗易感的心，走在风雨起落的路上。

喜欢古诗词的人，多是心思细腻，情思婉转，慕古人之风，而自成心肠。诗词中长长短短的思绪，浅浅深深的意境，就如他们心灵的后花园，有着不为人知的风花雪月，有着离情别恨，也有着清幽静远。他们的眼睛里住着诗词，所以入目的都能入心，然后化作一阕词的背景。他们并不脱离现实生活，他们把生活中的种种与诗词巧妙地衔接，构建出只属于自己的天地。

看吧，人与书的相遇，演绎出多少动人的情节。那么多的人活在世间，那么多的书也活在世间，有缘遇见，有缘喜欢，便是相互的珍惜。

所以，别再问为什么读书。

因为，我喜欢。

第三辑
数尽花朵一生香

总是会想起当年院子里的小小花园，想起那个数着花朵的女孩身影，想起那清澈如水的目光，心便会于世事沧桑中柔软起来。仿佛有着一种能穿透岁月的温暖，总能焐热生命中的许多苍凉。

笼子里的花

遇见那只笼子的时候，正是春末，在我们小兴安岭深处，这个时候温暖才刚刚开始。我走在一个小小的山坡上，稀稀疏疏的林木正吐出崭新的叶，一片嫩嫩的绿。那个笼子就在一棵树下不远处，竹制的，底部已经散碎，直插入泥土里。它可能是曾经挂在树上，里面困囿着一只美丽的鸟，然后忽然坠落，鸟儿却飞向高空。

然后我就看到笼子里的地面上，长出了一棵小小的植物，纤细柔弱，一阵风来都会摇曳得很剧烈。似乎有笼子的阻挡，它才不至于倒下。笼子不寂寞，在失去了一只鸟儿后，又有这样的一株植物自投罗网。而植物没有翅膀，也没有腿脚，也许这样的桎梏对它并没有什么限制，反而会是一种保护和陪伴。

而再次去那里的时候，已是半个月后，这一次，我也改变了原来的看法。此时草木已经繁茂，覆盖了天空也覆盖了大地。那个笼子几乎淹没于杂草间，笼子里的那棵植物也高大粗壮了许多，顶部的细干和周围的枝丫，纷纷从笼子栅栏的间隙里钻出来，然后或旁逸斜出，或扭曲向上，看起来像是它把笼子缠绕围困起来。

可是即使如此，我也觉得那个偶然的笼子限制了这株植物的生长，使它不能恣意于风雨之中，尽情舒展。它身畔的那些花花草草，都已经蹿得老高，仿佛争相努力着，去抢从高树间泻落的阳光。

于是心里便因此有了一份牵念。总是在不经意间，就想起山坡上笼子里那株不知名的植物。只是再见到它的时候，又已是十多天之后。夜里一场雨悄悄地路过，便把山色濯洗得清亮无比。踩着一地的微滑与松软，终于来到那棵树下，一眼看去，竟然没有发现那个笼子。

用目光细细地梳理过去，才在一丛绿色中发现那个笼子，它比原来高了许多。那棵植物已经更高大粗壮，而且枝繁叶茂，像许多只臂膀，把笼子拖离了地面，笼子就像它腰间的一个裙子。被枝枝丫丫托举着，被密密层层的叶子遮掩着，笼子的身形被隐去，彻底被植物包裹住。而且枝丫间结了许多细小的花蕾，向着四面八方，自由而奔放。在风行雨过中，植物越发茁壮，笼子却越发破败。

再次去的时候，那株植物的花儿已经竞相绽放，在夏日林间点点斑斑的阳光下，花儿并不十分鲜艳，但是攒攒簇簇，也很惹人注目。笼子依然可怜地吊在植物的身上，已经松松散散，仿佛是想拼命抓住那一缕芬芳。笼里开花笼外香，而此刻，花与香都在笼外，笼子已不能称为笼子，它破败无比，只是仗着一些细竹条勾挂在花枝上。一些花儿已经开败，可更多的花儿还在开放的过程中。那一处淡香氤氲，我似乎已经忘了笼子的存在。

那以后仿佛放下了一份心事，那一株不知名的花儿，终是打破了牢笼，在无人的山间尽情地释放美丽与芳香。于是我便不再想起它，身畔的生活重复而匆匆，我的心刚刚伸出樊笼一角，便又收了回来。于是继续在尘世里辗转奔波，每一天地堆积，时光便于半麻木中消散。

当我再次与那株植物相遇，已是秋日。

也是无意间散步，就到了旧处。便想起春夏里的种种，目光依然细细地抚过熟悉的地方，那株植物依然在，更高大了一些，叶片已经稀疏黯淡，花儿也早已谢落。那个笼子已经没有了踪影，我蹲下来，看着地上，笼子已散碎成一些竹条，半入尘埃，和它们在一起的，还有花谢后成熟脱落的种子。笼子终会被泥土所化，而种子，明年依然会破土而出。

如果明年在这里，看到一簇花开，我也许已经忘了曾经有个笼子的存在。

大雪封不住有希望的心

有一年冬天，我和表弟徒步去离村几十里外的荒野中抓兔子。在白茫茫的雪野中走了许久，也不见那一行令我们欣喜的印迹。中午的时候，起了暴风雪。漫天的狂风，无边的大雪，甸子上的积雪被风吹得像波涛一样滚动，我和表弟躲在树下，满心的恐慌。

过了近两个小时，风停了，雪也小了，我和表弟忙着往回赶。可走了好一会儿，发现周围仍是无边的雪原，雪虽然没有刚才下得大，可我们的足迹还是很快被湮灭。我们心里一惊，知道是迷了路。本来在冬天很少能在野外迷路，至少有来时的脚印能引领我们回家。可是现在，周围除了雪还是雪，没有路。

那些站着的身影，是荒甸上稀稀疏疏的树。

每走到一棵树下，表弟便爬上去向远处张望，可是这么大的暴风雪过后，很难见到村庄的影子，仿佛大地上的印迹都被大雪埋没。就这样一路走着，心里焦急万分，如果不能找到村庄，到天黑下来，等着我们的就是黑暗与寒冷，无疑是死路一条。一边走一边纳闷，平时没觉得甸子这么大，怎么周围的村庄一个都看不见呢？我们本想朝着一个方向走，可是满天风雪，根本无从辨别方向，只好向认为对的那个方向不停地走。

当表弟再一次爬上一棵树时，他大声喊道："哥，前边的雪地上有个黑点！"我们精神一振，奋力迈着疲惫的双腿向前方走去。有的地方雪极深，一脚踩下去能没掉整条腿，这让我们提心吊胆，怕掉进一些被雪填平的深坑里，这极大地影响了我们的速度。表弟一次次地上树，我们离那个黑点也越来越近，这是我们唯一的希望了。

终于走到了那个黑点所处的位置，却是一口极深的水井。表弟失望至极，我心里忽然一动，说："既然这里有井，附近一定有村子！"表弟闻言又来了精神，飞快地爬上一棵最高的树，观望良久，忽然大喊："哥，我看见那边有一缕缕的烟，可能是个村子！"我们立刻向那边出发。现在已是傍晚，表弟看到的烟定是村庄的炊烟。又走了近一个小时，一个村子出现在视野里，此时天已擦黑，那一刻，我们都躺在雪地上，大口地喘着气，放下了心中的巨石。

到了那个村子，我们在老乡家休息了一会儿，便抄近路回到了家，才几里路的距离。想起来真是后怕，如果没有那眼水井，我们也许真的会把命丢在无边的雪野之上。而且内心也很震惊，那么猛烈的暴风雪，竟然封不住一个小小的井口！

许多年以后，再次回想往事，心中忽然就多了一份震撼一种感悟。如果把人心当成一眼水井，那么就算生命中的风雪再大，也无法锁住心里的热情。而且，更重要的是，还能给迷路的人指引方向、带来希望！

冷风暖香

腊月的天，冷得干燥，就像空气中凝结着永不会融化的冰。走在街上，忽然觉得周围有了一种灵动，那是一丝带着甜味的温暖气息荡漾过来，仿佛使寒流也有了脉脉的涟漪。

街上每隔上百十米，便有一个卖烤地瓜的，面前是一只改装过的铁皮豆油桶，那些甜甜的香味就从其中溢出来。行色匆匆的人们，都会略略停顿一下脚步，那气味，那感觉，会让他们瞬间想起家的温馨。这条街是我每天上下班常走的，虽然不曾买过一个烤地瓜，可心里每次都会充满了温柔的感激，只为它们给了我一种微甜的心情。

已不知是从哪一天起开始注意那个女人的。她也就三十多岁吧，全身都围裹在厚厚的棉衣里，面前的三轮车上，一只大铁桶里炭火正红，地瓜的香甜将她围绕在中间。在她的脸上，挂着一丝笑意，没有顾客的时候也是如此，仿佛心里想起了什么幸福的事一样。第一次看见她的笑容，我有一种感动，甚至震动，惊讶于在寒风街头做小生意的她，竟能露出如此清澈的微笑。不像她身前身后的同行们，即使笑也是满怀沧桑与无奈，偶尔还会和顾客诉说一下生活的艰辛。而她却没有，好像地瓜的馨香把她的心也变暖变甜起来。

常有两个小女孩出现在她身边，像姐妹俩，她们也不多停留，只是和那女人说上一小会儿话，便牵着手跑开。而女人也总是喊住她们，掀开桶盖，拿出两个热气腾腾的烤地瓜塞在她们手上。几乎每天下班的途中都会看到这样的一幕，暖意融融，让人徒生羡慕。

新年的前两天，我下班路过那条街，女人仍在将暮的街头站立着。想想明天就开始休假，会有半个多月的时间不再路过，心中一动，便走上前去。我深深吸了口气，感受着那种甜甜的气息。好一会儿，我才迎上那张笑脸，此刻，那两个孩子刚刚拿着地瓜跑远。我说："我要买两个烤地瓜！"女人便打开桶盖，说："你挑吧！"女人的眼睛清明见底，我指着两个最大的，她却说："这两个不行呢！我要带回去给孩子！"一副很不好意思的神情。我讶然问："你不是刚刚给过她们吗？"女人愣了一下，笑着说："哦，你说刚才那两个孩子呀！她们可不是我的孩子，她们的爸爸在前面拐角摆修鞋摊儿，腿脚有残疾，都挺不容易的。两个孩子跟我好，我每天都给她们烤地瓜，她们倒是越吃嘴越甜呢！"

铁桶里的热气扑散出来，女人将头上的帽子摘下，我看见她发间戴了一只很漂亮的小发卡，一朵淡粉的梅花。见我看她的头发，她说："快过年了，女儿送我的，说我戴上好看！"一种幸福与满足写满了她秀气的脸，那一刹那，冰封雪冻间都充满温情。离开的时候，我轻轻说了声"谢谢"，她微笑着点头，眼睛亮亮的，发上的梅花将我的心映亮。

年后回来上班的时候，竟有了一种期待的心情。只是那条熟悉的街上，不见了那个微笑如花的女人。一连很多天，都是日复一日的失望。满街的香气仍在，却再也没有了那张寒风中最暖的笑脸。我想，那样的一个女人，无论过着怎样的生活，都该是满怀幸福的吧！

路上遇见的几个人

一

去贺兰山旅游，满目苍凉，绝少草木。不知不觉转进大山深处，颇有空山寂寂之感。忽闻歌声，男子粗犷的嗓音，虽音律不准，却有着一种豪迈的情绪。急急向上走，看见了那个四十岁左右的男人，手提一丝袋，正在山石间找寻着什么。

慢慢与之攀谈，知晓他是上山来捉蝎子的。当时正是黄昏时分，有许多捉蝎人散入群山，捉了蝎子可去城里卖钱。他给我讲，家中贫困，妻子患病，儿女上学，每天傍晚都要上山捉蝎子，直到深夜。果然见他身上背了一个大手电，于是问他："不会有危险吗？"他笑着对我说，曾被蝎子咬得中毒昏迷，也曾在夜里下山时摔进山沟，更曾路遇劫匪，净是艰险重重的样子。又问他怕不怕，他说："习惯了，怕也得来，一个人在山里，就大声唱歌，一唱起来，什么害怕的心思都没有了！"

是啊，用歌声驱散路上的恐惧孤寂，也装点了自己的心境。和他告别，走出不远，又听见了他的歌声。山中虽无草无树，可我却听到了最直入心灵的声音。

二

春节前的车站，人山人海，排在长长的队伍中，售票窗口如远在天涯般难以接近。等排到了，票却已售完。似乎每个人都在经历着这一过程，家乡在这里是那样难以企及。

我前面是一个三十多岁的女人，带着一个六七岁的女孩，同样没有买到票，满脸都是着急的样子。她们站在那里，不知所措，身前身后都是买到票的欢欣和买不到票的沮丧。忽然，听见那女孩喊："谁的车票丢了？我捡到一张车票！"

人们都围拢过去，此时的一张车票，千金难求。于是许多人说自己丢了票，女孩却聪明地问："你说说是到哪里的车票？什么日期？什么时间？多少钱？"围拢的人或哑口无言，或者回答不正确。终于，一个憨厚的年轻人一脸着急地挤到近前，说出了车票的时间和票价，女孩把票还给了他。

人们散去。女孩对妈妈说："正是到咱家的那趟车呢，我正好认识那些字。妈妈，你不会怪我吧？要是咱们有一张票，就可以回家过年了！"女人温柔地笑，抚了抚女孩的头："好孩子，你做得对啊！妈答应你，不回家过年也给你买新衣服！"

看着周围一张张焦急冷漠的脸，心里忽然就温暖起来，连不能回家的烦恼也被驱散。仿佛有什么东西在心底融化了，流淌着一种希望，一种感动。

三

在哈尔滨火车站前，遇见两个乞丐。其中一个是残疾人，坐在地上，面前还放着一个纸壳，上面歪歪扭扭地写着些处境艰难以博取同情的话。与之相比，另一个乞丐却看起来健康无病，只在面前置一纸盒，不言不语，那纸盒中只有零星可数的硬币和角票，而另一位的纸盒里，却快要盈满。

买了票回旅店休息，天快黑时来乘车，再度遇见这两个乞丐，状况依旧。此时行人渐渐稀少，只见那个残疾乞丐将盒里的钱倒进胸前的一个旧书包里，在我惊愕的目光中起身，用力跺了两下脚，大踏步走了！他竟然不是残疾人！而另一个乞丐目睹这一场景，没有丝毫的感情波动，也收拾着东西要离开。

出于好奇，我走上前问："你看见了吧？要像那样才能要到钱呀！再说，就算你学不会那一套，看你身体不错，大可以干些活赚钱呀！"他看了我一眼，大口喘了几口气，脸色变白，费力地说："我不想那样要钱，也不敢花那样要来的钱。我是在工地上干活的，工伤，伤了肺。我只想要些钱回家去！"短短的几句话，却像掏空了他所有的力气，喘成一团，额上一层细密的汗。

遇见过无数的乞丐，凄惨者有之，骗人者有之，形形色色，唯独这一个，在我心里留下了最深的印痕。也许是因为他在那般的境遇之下，仍能坚守着良知与底线，唯此，便足以让我铭记。

四

还有一个老者，是在火车上遇见的。他蓄着长长的胡须，很有出尘之感。当时车上摩肩接踵，人满为患，无论坐着的还是站着的，都有着痛苦的表情。摇摇晃晃的时候，忽听一声暴喝："你干什么，还不住手！"精神为之一振，抬眼望去，那老者须发皆张，手指一年轻人，怒不可遏。而那年轻人正飞快地把手从一个女人的包里缩回来。小偷似乎恼羞成怒，骂道："老家伙，多管闲事没有好下场！"

老者凛然不惧，厉斥："你这种人还有什么资格嚣张？是谁把你养大的？又是谁教育的你？给我滚远些！"小偷犹自骂了几句，却是终于仓皇逃窜。我看见老者身边有几个人羞愧地低下了头，他们刚才也一定目睹了小偷行窃的一幕。忽然想到，如果刚才我也看到了，又会怎样？这样一想，脸上狠狠地发烧。

老者怒气未息，这一刻，在拥挤的车厢里，我默默承受着脸上的热意，心中也有着太多的钦敬，一个一脸正气的老者，让我看到了一种久违了的铮铮风骨！

数尽花朵一生香

少年时家在县城边缘，一座小小的院落，是厢房，阳光的脚步每天只有很短的时间走进屋里。母亲在院子里辟出一块儿空地，每年都种满了花。屋后是两棵樱桃树，每到黄昏，那些初开的花儿和细密的枝，便将斜阳割划得支离破碎，映在窗上的晚霞也浸染了馨香，一如那些朴素的岁月。

每年晚春到初夏，院子里的花儿刚刚结蕾欲绽时，邻家的女孩便站在板墙前，仔细地看那些在风中摇曳的花蕾，眼睛清澈得如五月的蓝天。当花儿初绽，十一岁的她便开始指点着数那些花朵，那时花朵较少，她数得轻松，脸上的微笑也如初放的花儿。当花儿次第开放，她便数得费劲了，于是慢慢地走进我家的院子，站在花丛中，继续去数。整个花期，每天她都会来数上一会儿，有时风停雨后，她也会看一看被吹落了几朵。她有一个本子，每天数完，都会记在上面。

她不上学，每天待在家里，似乎有我家的花儿相伴，她过得很高兴。春天时我会告诉她，这花儿是越数越多的，到最后肯定数不过来。她却不在意，数到快秋天，她会拿着那个小本子对我说："你看，现在是一天比一天少了！"花落的时节，她除了数枝上的花儿，还会数落到地上的，然后她就怎么也算不明白，便让我帮忙，如果落地的和枝上的加在一起，和昨天的数不同，她就会继续重数。我便给她讲，落了的花可能随风刮走了，也可能被泥土埋上了，她听得似懂非懂，却依然固执地每天数着。

有一天大雨，雨停后女孩没有来，一直到了傍晚，我正在院子里站着，忽见邻家夫妇抱着女孩回来了。女孩身上湿透了，腿也磕掉一大块皮，手上还拿着几株从地上拔出来的花儿。听她妈妈说，眼看着要下雨了，她就跑出去了，雨停了也没回来。他们出去找了许久，才在街上找到。原来女孩去了附近的公园，回来时却找不到家，一直在街上转悠，下雨时吓得不知道躲避，问她去做什么她也不说。我想，这个傻丫头不会是去公园里数花了吧？

第二天，女孩一瘸一拐地来了，拿着她的小本本。她有些沮丧，说昨天没数。我告诉她，昨天我替她数过了，她很惊喜，一笔一画地将数字记下来。然后她告诉我，这些天总下雨，花儿落得越来越多了，她想起妈妈以前带她去公园，看到那里许多开着的花，就想着拔几棵回来栽上，这样花朵就又多了。说完，她继续数花朵，神情专注而认真。

而我站在那里，心底涌起一阵感动。那个时候，正是我人生中第一次出现黑暗时刻，高考落榜，境遇黯淡，每天独对那些纷纷开且落的花儿，心情也随着不停地起落。而这个小小的女孩，她的固执，她的清澈，却有着无声无息的力量。

第二年我上大学走后，邻家女孩也开始上学了。我上大学的那几年，每次回来，都会发现她的惊人变化。她读到三年级的时候，便已经自学完了整个小学的课程，跳级上了初中。再后来，我毕业后，离家越来越远。每次打电话回家都要问问邻家女孩的情况，听说她初中读了一年就上了高中。人们都说她是神童，可是谁又知道神童的背后经历了多少痛苦的挣扎。再后来，那里的平房动迁，便再没有了邻家的消息。

许多年过去，也总是会想起当年院子里的小小花园，想起那个数着花朵的女孩身影，想起那清澈如水的目光，心便会于世事沧桑中柔软起来。仿佛有着一种能穿透岁月的温暖，总能焐热生命中的许多苍凉。

有一年回到老家的县城，特意去了曾经的平房，已是面目全非，我沿着记忆的脚步，茫然地看着眼前的高楼大厦，目光溯着时光的潮流而上，依然能看到多年前的小小院落。忽然发现，有一个女子同样在这里徘徊，她走到我面前，仔细看了看我的脸，便惊喜地叫了声"哥哥"。是当年的小女孩，她也来这里看看曾经的一切，她说最想念的就是我家院子里的那些花儿，她的那个小本子一直珍藏着，那是她最初的坚持，也是最初的快乐，也会是她一生的馨香。

可是，她却不知道，除了那些花儿，她小小的身影，曾给了我更多的希望，让我在尘世的天风海雨中，一直坚持，坚持。

迎着风走

一群探险者听说某地新发现一个岩洞，便兴冲冲地赶去探险。当他们爬上山坡时，兴奋的心情难以形容。一进洞，更是被洞中形成的天然钟乳石所吸引，一路观赏，不觉越走越深。

不知过了多久，当手电筒灯光暗下去时，他们还没有到达岩洞的尽头。于是他们决定往回走，可是走来走去才发现迷路了。每条通道都似曾相识，他们有些惊慌了，因为有几个人的手电已经熄灭了。不敢想象在黑暗中他们将怎样摸索，更不知有什么样的命运在等待着他们。

终于，他们的手电全熄灭了，周围一片黑暗。一开始他们还想寻觅洞口微弱的光亮，可是走到哪里都是无尽的漆黑，他们相互牵着的手上已沁出了汗水。夜光手表显示已是晚上六点钟，外面应该暗下来了，靠光源找洞口的希望破灭了。而且，他们被饥饿包围着，原以为洞不会很深，所以他们没有准备足够食物。绝望渐渐地爬上了心头。

沉默了一会儿，领队忽然问谁有打火机，有人将打火机递给他。他点燃了打火机，屏住呼吸一动不动地看着那簇火苗，忽然，火苗微微地倾斜了一下。领队看了一下，熄了火机，带着大家向与火苗倾斜相反的方向走去。就这样，每到一个岔道口，他都用打火机微弱的火苗捕捉那一丝的风。大家仿佛看到了希望，可是，打火机也很快地用完了。人们的心再度沉了下去。

　　领队忽然脱光了上身，站在岔道口，静静地感觉那极微弱的风，其他人也纷纷效仿。就这样，他们又走了许久，风渐渐大了起来，终于，他们找到了出口。人们纷纷赞叹领队的智慧与冷静。

　　在生活中，我们常常于挫折与磨难中陷入困境，不知何去何从。更多的时候，我们总是选择逃避，逃避打击与坎坷，可是却常常越走越艰难。那些黯淡的际遇，就像故事中黑暗的岩洞，只有迎向生活的风雨，我们才会在没有光亮没有路标的情况下找到光明的出路！

雨霁生虹

偶然步入一条小街，两旁都是很古朴的店面，人车极少，尘世的熙攘仿佛一下子被隔断。就像走在多年前的小城，一不小心就会与回忆相遇。忽然就发现了一个小小的店铺，一时之间竟不知是卖什么的。

门顶的牌匾上，是四个隶书大字：雨霁生虹。停住脚步，凝望良久，终于从窗上贴着的字迹中明白，这是一间小小的书店。于是欣然而入，里面却是别有洞天，一排排的书架整齐地排列，空气中氤氲着淡淡书香。我徜徉在书海中，看着那些书的绽放。书并没有分门别类，似乎一运来就随意摆放，等待一双双有缘的眼睛。

来来回回看了半个小时，终于挑了一本《人间词话》，薄薄的册子，复古的封面很是让人神飞。门口处有一张桌子，一个二十岁左右的大男孩正伏案边看边写。我站在那儿看了半天，他看的是《菜根谭》，在本子上不停地摘抄，他沉浸在自己的读写之中。

当他写完一段，抬头时才发现我，立刻略带羞涩地笑了下，然后收款，并没有说一句话。

回去后我一直在想，这样一个小书店，这样安静的大男孩，在城市里如世外桃源般。我曾经的梦想就是开一间小书店，每日里看书写字，让日子悠然而充满情趣。

结果第二次去时依然没有什么人，大男孩也依然在那儿看书写字。我挑了一本《绘图千家诗》，这次他并没有入神，而是对我说："这本书，店里有两种版本，还有一种是竖版印刷的，我找给你！"

拿来一看，果然是我更喜欢的，便道谢，他说："我记得你上次选了本古朴风格的书，便想着你会喜欢这个版本！"很细心的人呢，便问他买书的人多吗，他依然笑："很少有人进店来，现在看纸质书的人少，都在手机上看了，不过我也在网上卖书，还能维持下去！"

第三次去时，已是深秋，那条小街上铺满落叶。想起那个大男孩，为自己以前误认为他是残疾人而好笑。这次进去没有扑向书架，而是随意坐他身边，他还在看书写字，这次换了本书，是《小窗幽记》。见我，他还是笑，便闲聊。我一听，竟是没什么故事。他一直上学，直到没考上大学，也不愿出去打工，便开了这间小书店，还不到一年的时间。虽然顾客不多，幸好是自家的门市房，加上在网上也卖得不错，算下来维持生活还是足够。于是就安下心来，每天重复的工作对他来说，却永远不会厌倦。问他以后的打算，他说就这样挺好的啊，安安静静，平平稳稳。

说完闲话，我问："你可以帮我选些书吗？我看你挺了解我的喜好的，省得我自己费力找，你的书摆得很乱！"他说："我故意没分类，这样看时会觉得内容很丰富。"

他慢慢地走在书架间，像是怕惊醒沉睡的书。忽然觉得这样的生活真的很好，真是自己当初的梦想。可是我却走上了另外一条路，所以此刻只有羡慕。他找来的几本果然是我想要的，中国古代典籍，且都是古香古色。对这个没有故事的大男孩好感更多了，很有些恋恋不舍地离开了书店。

这个城市冬天来得早，十月份下过一场小雪后，我又走进"雨霁生虹"。这次我想到了问这个书店店名的由来，他说："就是我想出来的一个词，反正能看出是书店的，都会是这里的常客，就像你一样！"他的脸红了一下，说："那四个字是我自己写的！"

我赶紧跑出门，细看那四个隶书大字，蚕头雁尾，静然端正，就像这个略有些腼腆的大男孩一般。

没有麻烦他选书，我一排排书架浏览，他坐在那儿看书，纸上却没有写几个字。忽然我惊奇地发现，这里竟然有我的一本书。便拿着到了他面前，开玩笑地说："我觉得这本才是最好的！"说完便不停地笑，他接过书翻开看了看，也跟着笑。我问他笑什么，他好容易止住笑，说："你这是自卖自夸，这上面有你照片！"我指着他："你是卖书的好不好？本来应该由你来夸，还得麻烦我这个作者！"

我们两个正笑个不停，门呼地被推开，一个穿红羽绒服的女孩带着寒气走了进来。大男孩立刻止住了笑，女孩抱着一摞书，堆在桌子上。我一看两人似乎认识，便赶紧走进书架深处。两个人低低地说着话，却像是在争吵，偶尔听到一句半句，女孩说把书都还给你，然后又是一阵低语，可是氛围却是沉重无比。终于，女孩走了，一下子安静下来。我偷眼望去，大男孩呆坐在那里，脸上似喜似悲，一种很复杂的神情。

过了一会儿，听见声响，我走过去，他已铺开一张宣纸，研好墨，拿着毛笔一笔一画地写。他反反复复地写着两句：人似秋鸿来有信，事如春梦了无痕。写了多遍之后，他的神情终于恢复了往日的宁静。放下笔，冲我不好意思地笑。我心里却有些欣慰，这个可爱的大男孩，还是有着故事的呢！

收款时，他说："当初没能上大学，很多人为我惋惜。可是我知道，即使我上了大学，毕业后也是要开一个这样的小书店的，这是我一直以来梦想的事。所以没能上大学，并没有损失什么，反而让我提前过上了想要的生活！"我说："我原来也有一个这样的梦想！"

当我再次走上这条小街时，已是转年春末，半年的时间一直忙忙碌碌，竟是无暇来这间"雨霁生虹"书店。而眼前却是让我心惊的一幕，小街两侧的店面都已推倒，工地上热火朝天尘土飞扬，那个留恋着的小书店，已湮没其中不可辨寻。心中空空无所依，一直呆立在那儿。

后来看见街口有看热闹的人，便去询问，说有一家小书店叫雨霁生虹，店主是一个很安静的大男孩，不知现在搬到哪里去了。立刻有个大叔告诉我说，那个大男孩在房子拆迁之后，便随父母去了别的城市，具体不知哪里，说还要继续开书店。

心里充满了失落和遗憾，当初，竟然连个联系方式都没交换。说起大男孩，那个大叔了解很多，很是惋惜的神情。原来，他学习本来极优秀，却是在高考前遭遇一场大祸，失去了一条腿，也错过了高考。刹那间，回想以往的情景，终于明白他为什么一直是缓慢地行走，因为他有一条腿是义肢。

不过并没有感伤，不管在哪个城市哪条街，这个大男孩都会安静地看书写字，守着满室书香。他还会有着自己的故事，也许平平淡淡，却隽永悠长，就像他的时光他的岁月。他的心中雨过虹生，独自美着，像他脸上略带着羞涩的笑。

愿意在春天里虚度光阴

今年的春天很有些迫不及待，正月尚未过去，它就挤了进来。东风猛烈，大地上的雪几乎快绝了踪迹。中午的时候，房檐上便不停地滴落雪融的水。而往年的此时，还依然冰封雪盖，要想阳光暖暖，还得一个月后。

紧闭了近半年的门窗，终于打开，阳光和清风一拥而入，阳台上的花草立刻精神抖擞，似乎沐浴了东风的它们，才真正属于春天。那风似乎有着手脚，在屋里转一圈，便把一冬的郁闷一扫而空。而且还召唤着我，去外面。

外面风很大，却不冷，零上两三摄氏度，阳光很暖，天很蓝，有丝丝缕缕的云。河里的冰还没解冻，却没人敢在上面行走，地上的雪只剩下背阴处的零星。沿着河一直走，雪没有了，那些石头便又露了出来，看着很厚重温暖的样子。黑黑的泥土也露了出来，我计算着还要多久，小草的芽儿会拱出来。远处的山岭上，那些树似乎颜色也鲜明了许多。远天底下空空荡荡，还没有候鸟的身影。

我喜欢记取此时的春天，刚开始的，崭新的。若要等到山溪潺潺山花盛开，在这小兴安岭深处，春天会和夏天模糊在一起。我们这里春天很短，总是仿佛刹那间，就一下子热起来，于是夏天就来了，于是春天该发生的事都进入了夏天。所以，现在这时候的春天，才是纯粹的，没有干扰的。虽然没有鸟语花香，却有着一个向往的过程。

只是，今年的春天来得这么早，雪融得这么快，山上冰凌花开的时候，便没有一点冰雪了。失去了冰雪的衬托，冰凌花是不是会少了一分特别的美？不过想想也就释然，不管是不是绽放在冰雪里，它都是春天开的第一种花，如此，就好。就像心里许多人和事，不能做第一的做唯一，不能做唯一的做第一，如此，也好。

慢慢地走，便想起小时候的春天，在大平原上，在黑土地上，在阳光下，在东风里，疯跑，身后跟着不知疲倦的花狗。跑得累极，便躺在松软的泥土上，看蓝天如盖，期待一只布谷鸟的身影滑过眼睛，期待一串啼鸣坠落在我的身上。

而此刻我只是慢慢地走。就像那些往事在心底慢慢地走。多少个春天，我都喜欢这样，一个人在野外，把最好的时光虚度掉。随着时光掉落的，还有平日里郁积着的种种。于是心里什么也没有，空空旷旷又春风万里。恰似身畔的初春，正在无中生有，而生长的，都是意料中的或不被预料的美好。

我无法把春天里的一切一一看尽，那就把身边的点滴都采撷收藏，说不定在哪一刻，便会邂逅呼啸而来的惊喜。就像几天不见，北大河的某段近岸处，竟化开了一条窄窄的缝隙，细细的流水正在缓慢地丰盈。所以，这个时候，任何一本书也无法拴住我的眼睛，总是控制不住地要把这些时光浪费在天地之间。我的眼睛，需要去更高远的地方旅游。

　　想到这儿，我的目光便投向远天，真的真的很期待，能看到一只燕子的身影。

心生欢喜

早晨，送孩子去上学，大雾弥漫，空气中透着清凉，远处的山皆隐去无踪，近处的树只余朦胧倩影，一时但闻鸟鸣却难寻鸟踪，残余的睡意顿去。等回来的时候，雾已经淡薄，有阳光从东方斜斜地照过来，穿透万千细密游移的水珠，散射漫天的金霞。便觉满心舒畅，很美好的一个开始。

回去后，网上一朋友邀我去下棋，便乘兴而往。他家是山坡上的平房，我们在院子里开始于黑白世界中驰逐。偶然抬头，但见岭树映目，山云接檐，飞絮飘然落于纹枰之上，便觉闲淡悠远，仿佛飘然出尘，不知身之所在。棋罢指尖犹凉，便起身凝望山间浮岚，心飞神度，眉眼间全是欣然之意。

记得少年时，有一段时间酷爱下象棋，那时家在农村，闲时便提着棋袋四处寻人对弈。不过那时大家基本都在田里干活，便找到田里等着。有时等得急了，就冲进去和别人一起干活，待干完活，顾不得擦汗，便在田间地头，或树荫之下，摆开棋盘厮杀。

烈日高悬却一荫如盖，就坐在暖暖的土地上，腿旁放一罐清水，走上几步棋便喝上口水。

彼时清风徐来，额上汗水便清凉无比，庄稼的清香随风飘荡，真是惬意无边。

有一次和一个大叔下象棋下得上了瘾，我们在地头一直下一直下，那大叔连输几盘，也顾不得去干活，非要找回来。不知啥时候阴的天，更不知啥时候开始下的雨，我们就沉浸在车马炮之中。后来雨成飘泼，我们才狼狈而起，向村里狂奔，相顾而大笑。

还有一回下大雨，我在姑姑家里，也是农村。天暗得像黄昏，雨密集得看不清任何东西。我们就站在窗前，看外面一片水的世界。下了十多分钟，依然势头猛烈，姑父提议出去到雨中洗澡，并说此时空气中的尘土已经冲尽，雨水干净。我和表弟都欢然同意，于是脱掉衣服冲进院子，立刻被雨包围。大雨淋身，一时目不能视口不能言，真如身处水底。身心同雨水一般清凉透爽，从此爱上雨天，即使再没有这样的经历。

去年和几个友人一起去爬一座荒山，听人说山那边景极深幽，是难得之佳境。于是我们劲头十足，经历千辛万苦终于攀至山顶。却突然发现，那一面是极陡的悬崖峭壁，并无可下山之处。于是都望着对面山下的佳境，颇为懊恼。忽闻花香阵阵，但见在山顶一块平坦处，杂花恣意而生尽情而放。立于花丛之中，遗憾之情忽去，喜悦之心顿生。

在这个深秋的午后，看着远远斑斓着的五花山，看那些红枫黄杨，看那些碧松白桦，神游其中，心生大欢喜。回望前路，虽然一直身处红尘劳碌之中，却有着那么多的点滴片段，让我心中的欣喜不能自抑。那让我忘尘的种种，皆是凡世中的所眷所恋。虽未入清凉之界，却常生欢喜之心。如此，生命虽然繁复辛劳，但那欢喜之心，却依然是我最美的家园。

一院香

在记忆的最深远处，夏天，曾经是我最为眷恋的一个词，或者一个季节。隔着岁月的迷雾，哪怕只剩下些许点滴的片段，也足以串起长长的怀念。

总有一个情景，会在某个柳絮轻飞的日子，悄悄地在心里生长出来。那时有多小？似乎是四岁，或者五岁？当时还住在一个表舅家的西屋，夏天的午后，阳光无边无际地洒落，连风都睡着了。两个姐姐把一盆清澈冰凉的水放什院子里，盆里是一个晃碎了的太阳。我们都穿着带颜色的塑料凉鞋，轮流站进水盆里，凉凉的惬意从脚爬上来，便觉得墙头上开着的那些花儿，也流动着清爽的香气。

四五岁的年龄，火热的夏天，简单的美好，虽然只有那样一个场景留下来，可那一盆清澈的水，却总能映出我心底的流连。后来再大些，我们便从表舅家里搬出来，搬到了村子最西头。每一个夏天，我都喜欢站在院子里，已经没有了那一盆水，却醉心于空气中那些芬芳的气味。

那时已经开始学古诗，非常喜欢唐人高骈的一首《山亭夏日》：绿树阴浓夏日长，楼台倒影入池塘。水晶帘动微风起，满架蔷薇一院香。多么美而静的夏天，读来心里都似乎悄悄流淌着暖暖的感动。

而我家的院子里并没有蔷薇，也没有什么出名的花草，墙角都是寻常青草，或者一些顽强的野花，或者最常见的扫帚梅一类。满院流淌着的，是南园里果蔬的香味，伴着若有若无的风，随着蜂儿蝶儿的翅膀，那种香气便和阳光一样盈满了空间。并没有水晶帘，只是那种用草珠穿的门帘，微风起处，也会轻轻作响，它隔不住随风而来的清香，隔不住这个季节里许多的美好。

南菜园也是我很喜欢的所在，一垄垄的青翠，把心都给染得醉了。在架上攀爬着的豆角和黄瓜，红着脸的西红柿，匍匐在地上的倭瓜，垂着头的茄子，在园子四周高高站立的向日葵，还有枝繁叶茂的杏树，它们欢欣着，把每一种喜悦都尽情地释放。于是那些香气便融化在空气里，每一次呼吸，都会唤醒甜蜜的心情。还有墙角慵懒的猪，窗台上安静的鸡，门后假寐的花狗，偶尔轻笑的鸭子，依然优雅的大鹅，檐下呢喃的燕子，它们——院子里所有的精灵们，和我一起沉醉着。

我多喜欢这样的夏天，喜欢朴素年代里所有单纯的快乐，就像矮矮园墙的短栅上栖着的蜻蜓，透明的翅上流过温暖的阳光和芬芳的风。总是在爱得最深的时候，离别猝不及防地来临。从乡下搬进城里，我才十四岁，坐在疾驰的车上，看着院子里的一切和旧时光一起飘摇远去，感受到了人生的第一次苍凉。

城里的家很小，院子更小。我曾经在一篇文章里描绘过，"小到蝴蝶只扇动一次翅膀，便逾墙而过"。而我的思念却比季节还要巨大，思念乡下那个充满欢乐的院了，思念大地上奔跑的生活。初到时正是春天，母亲在小小的院落里开了一个花圃，或栽或种，当时我的心依然在遥远的乡下，对母亲的举动并不在意。可是几个月后，当夏天到了深浓处，那些花儿便次第开放，在我眼中绽一份不期然的惊喜。

小小的院子，关不住盈然的香气，也阻不住追求美好的蜂蝶。不管搬到哪里，我们都会拥有一院清香，虽然许多时光不再，可是，柔软的心情还在。一个有月亮的晚上，我站在小院里，花影幢幢间，身前身后都是暖暖的怡然。在那里生活了许多年，也在那里经历了人生的第一次失败，夏天的那些花儿，那满院的芬芳，把我的心从阴影里带到温暖与光明中。

也许，在曾经生活过的那些院子里，在曾经陶醉过的那些夏天里，我的那种热爱，家的那种温情，才是生命中最动人的芬芳。

行到低时心自洁

　　我总是喜欢去一些人迹罕至之处，比如只有长风和白云路过的山谷，是我流连的所在。

　　那是一个很小的山谷，两座小山也并不高，却林木葱茏，遮天蔽日。我也是很偶然的一次，看到小山上有一条细细的小路，便走了上去，走不到半山腰，路便湮没于荒草灌木丛中。停住脚步，四处望了望，都是密密匝匝的树，想了想，凭着感觉向着右边横着穿过去。便遇到了一条极细的溪流，细得轻唱的声音都被风声湮没了。

　　在山林里遇见山溪，如同在无边的旷野里忽然听到笛声，那是很奇妙的点缀。在流动的溪水里洗了手，便跟着它的脚步向下走，想遇见它所遇见的所有美好。溪流曲折得像我走过的世间路，我却没有像它一般一路轻唱。并没有多遥远，转了几转一直向下，便忽然身在一个小山谷里。平缓处的小溪变得宽泛了许多，虽然可以一步跃过，但是溪水却更为清澈，两岸也是长满了花草。

于是这个晴朗的夏日午后，我便误闯进了心底的桃源。两边的小山掩护阻挡着尘世的喧嚣，连阳光的热情到此都减少了许多。只有风的潜入，只有云的窥视。蜂蝶和各种飞虫爬虫足上著，悠悠然登堂入室。如今又多了我的足音和目光，我走得很慢，怕匆匆的脚步和猝然的目光，会惊醒这难得的阒然。谷中无树，青草恣意生长，纷纷开且落的幽花此刻依然在丰盈着自己，我想，即使花儿落去，那些结下的种籽，依然会继续丰盈着它们。

只是我还是最喜欢山谷里的溪水，那么低，那么慢，那么清，或者是因为慢了，才不会激起尘埃，才会静静地沉淀，所以才那样的澄澈。连映着的花影草影都那么清晰生动，像是静美的年华，慢慢地走。溪边有一块很平整的石头，竟然不生青苔，像是被风扫净着在等我。坐在那儿，便觉得自己沉入了山的深处，大地的深处，人间的深处，视角和感觉都变得不同寻常。草虫流水更近，近得欲要融入那个童话般的情节里。

便隔一段时间就去看看，就这样从夏天的繁盛，走到秋天的萧瑟。我的小小山谷，小小世界，繁盛而不张扬，萧瑟而不冷清。我总是要在溪边那块石头上坐一会儿，生命静得可以听到花草的低语，心儿柔软得要流淌进那弯清流。于是就走到了冬天，冬天我只去过一次，在一场雪的到来之后。

山上的小溪已经看不见，我却能感知到它的存在，它走过的路，任季节也覆盖不了，依然循着它到了山谷。前两个季节的色彩已被更改，满眼的洁白。我轻轻地踏雪而行，空谷里凝结着寂静，溪流在此处依然存在，只是凝固了形状，披上了雪衣。那些花草已经枯黄，从厚厚的雪里露出身躯，简约的枝丫挂着丝丝缕缕的风。

那块石头已经被雪占据，我没有坐下来，我不想破坏这里应有的状态。我踩着来时的脚印，一步一步地离开。到了山坡上不远处，回头，我的那串足迹写在幽深之处，像是心情的印痕。每一次离开，都是满满的眷恋，我知道，我的身体依然是个过客，如云如风，而我的心却已以此为乡，不离不弃。

那个冬天我再没有去过，我怕自己纷乱的足迹，搅扰了那片宁和。每一场大雪过后，我都会想，我留下的那串脚印早就没有了吧，多好，还给它一份无人的空境。

一直到了四月中旬，山上，大地上，那些雪已经融化，向阳处也冒出了新鲜的草芽。收拾好了心情，又走上那座小山，像是去赴一场期待很久的约会。再次见到山溪，它成长了好多，许是山雪消融的缘故。还未下到梦中的小山谷，目光便先已抵达。谷中可能阳光稀少，花草未萌，初醒的溪流依然清清缓缓，依稀还是昨秋的模样。空谷的深处，有一小片洁白，心里便是一动，走过去，走到近前，果然是一小片晶莹的雪！

山外已经春染大地，此处还留有悠长悠长的冬天的余韵。面对最后的雪，眼中依然是它最初的洁白。便觉得生命中许多的琐碎许多的失意，在这一刻，随风飘散。也许，行走到人生的最低处时，会如谷中溪流，能更多地保持一份清澈的情怀；会如谷中余雪，能更长久地保持一颗洁白的心。

声音的涟漪

我喜欢水里或者水畔的一切声音。

不知道你有没有过，坐在悠然的水畔，风和树都睡着了，阳光也慵懒着，你的心也静谧无比，就像夏日午后的阒然。然后，你便听到了一种声音，轻轻细细，如一尾小小的鱼儿悄悄地游进你的耳朵。于是你的目光开始寻找，你发现，是一缕调皮的不肯午睡的风撞翻了一片荷叶，那丝声音带着一份清芳踏水而来，温润着你的心。我想，如果你有过那样的一个夏日午后，你就会爱上那些声音。

静处之声，总是让人心底悄悄生长起一种只自知的喜悦。想起少年时的夜里，一个人走在空旷的荒野中，星月满天，洒落的清辉把脚步声都洗淡了。经过一个小小的池塘，它在月光下明亮如一面圆圆的镜子。忽然，一个清晰的入水声冲破了月光和夜色的封锁，带着湿润的尾音，落在我的心上。转头看，镜面上粼粼涟漪，似乎是一只刚睡醒的蛙，投入了镜子里的世界。而我的心湖里，也似乎投进了某种美好，喜悦的波纹扩散开来，直觉得这夜色也温柔无比。

很喜欢王维的两句诗：欲投人处宿，隔水问樵夫。隔着一条山溪，与樵者问答，一来一回的声音，在山间回荡，然后纷纷落进水里，该是怎样地与自然融和而充满灵性。就像山溪那岸鸟儿的啼鸣，沾染着花香水汽，已经成为耳朵里的风景。隔水之音，真的与平时大有不同。《红楼梦》里贾母两宴大观园时，让戏班子铺排在藕香榭的水亭上，说借着水音更好听。正值风清气爽之时，乐声穿林渡水而来，令人心旷神怡。不管什么声音，有了水的浸染，都会变得灵动起来。

而在我童年的记忆里，有一种呼唤却如遥远的花朵，淡淡的清香穿透沉沉的岁月，在心间荡起层层回响。一条弯弯的河流，淌过村西，被一座大坝阻挡成一个水库，蓄积着盈盈而清澈的快乐。我们常常在傍晚的时候，追赶着夕阳的脚步，奔跑过大坝，跑到水库西岸的高冈上，追逐打闹，直到夜幕都已垂落，我们还浑然不觉，流连忘返。然后，村口就会响起母亲的呼唤，于是我的小名便拖着悠长的声调，掠过宽阔的水面，一波波地传进我的耳朵。然后，声音牵着我们的脚步，走回温暖的村庄。

许多年以后，母亲曾经的呼唤，经常在梦里响起，把我的心拉回到那一段时光里。那遥远的呼唤声，隔着岁月的大河，带着尘世的沧桑与温暖，一次又一次洗去我心上的尘埃。

少年的时候，曾在秋天的夜里，睡在松花江的大堤上。村庄在江北二十里外，中间是空旷的荒草甸。枕着一江涛声，盖着无边的月光，对岸的蛙声漫卷过来，和草甸里的蛙声连成一片。虽然万声入耳，可是心却极静，甚至听得到一缕风从对岸悄悄地走过来，听得到一尾鱼在月光下跃出水面再跌回，听得到日间不曾被留意的种种声响，此刻它们如小小的精灵，在水声之中轻轻地潜入我的心里。

村庄西边的那条河流，却是热闹无比。两岸农田绵延，春种秋收，多少笑语和汗水伴着小河流淌。小河的北面的东岸，是一片墓地，一辈一辈，多少人长眠于其中。每有出殡送葬，哭声便和泪水随着河流涌向遥远。多年以后回想河两岸的悲欢，便记起了杜牧的一句诗：人歌人哭水声中。多少沉重而变迁的声音，也只有不变的河流能够全部承载。水畔生长的声音，仿佛带着一种传承，落入耳中，就会唤起很多似曾相识的往事。

我真的很喜欢水里或者水畔的一切声音。哪怕是多年以后，我坐在故乡的小河边，叹息声沉沉飘过河面，泪珠滴滴落进水里，这样的声音，我依然喜欢。

与光阴对坐

常常有那样的时刻，静静地坐在小窗之后或斜阳之下，风儿淡淡，草木默然，心里有着一种极细微的感触，每一个轻轻的波动都如琴弦轻颤，在心灵上奏出舒缓而绵长的旋律，仿佛周围的时光都漾着涟漪，宠辱皆忘，万虑俱宁。

就像去除了所有的羁绊，脱离了所有的桎梏，世界与生活既在身外也在心里，在身外遥远，在心里温暖。于是，感悟于一沙一石之细，动情于一草一叶之微，心儿从没有这样柔软过，一阵若有若无的风好像都能在上面留下印痕。

其实，凡尘劳碌，每个人都在生活中匆匆来去，操不完的心，忙不完的事，那样静坐的片刻，是可遇而不可求的。身畔熙攘嘈杂，心里忧烦拥挤，而那难得的静默时刻，就成了最为留恋的清宁。虽然只是短短时间，却成了生命中的后花园，灵魂憩息于其中，远离尘嚣，就像奔跑的长路上短暂的休息，发现路旁绽放的最美的花。难得的一瞬，却释缓了长久的疲惫。

有时会想起李白的《独坐敬亭山》，那相看两不厌的，不是敬亭山色，应该是我们一直在匆忙中忽略的时光流淌。很是眷恋那样的场景，在小窗后坐拥流年，满庭花草轻轻摇曳，打开的书卷放在窗台上，阳光暖暖的透窗而入，照着我微笑的脸。那时我刚刚步入社会，还没有体会世事艰辛，每天的空闲时间，看书，独坐，默思，光阴的脚步在心上留下一个又一个生动的足迹。

以为会很长久的悠然，却在日复一日的奔走中，心上渐渐蒙尘结茧，很难感受那种来自心灵的宁静。一个中秋节的夜里，家里亲人团聚，热闹至极，忽然收到一条短信，遥远之处一个朋友发来，他说他自己坐在河边看月亮，很静，很美。忽然想起，似乎已经很久没有看过月亮了，即使在这个月圆月美的夜晚，嘴里说着月亮，却也想不起出去看一看。是啊，现在的我们，连抬头的时间和心情都没有了。

于是那个夜里，独自走出家门，在小河边，看月亮渐渐爬上天空。澄澈浑圆中，仿佛心化清辉弥洒天地，无远而不至。原来，最美的光阴一直都在身畔，等着我们与之对坐，可我们却极少停下匆匆的脚步。及至回头时，却发现时过境迁，光阴的河流中，一直不曾去徜徉，却已经风尘满面鬓染秋霜。不是光阴辜负了我们，而是我们辜负了光阴。

所以，当看到别人刹那的失神，我会心生羡慕，我知道，那是一个人最美的时刻。是的，那样时刻，心上的尘埃飞散，心上的茧壳剥落如花，只有时光淌过，淌过微笑的脸。

一窗流年

我喜欢独处，不是在春郊夏野，不是在水畔山间，只是一个小小的房间就好。也许身在角落，心才会更无际无涯。四壁有书才好，被书簇拥着、期待着，会有着一种幸福感、满足感。必不可少的，一定要有一扇窗，不管多小，只要能纳一庭风月，只要能让目光和心情自由飞出，就好。

红尘里，我也拥有着一扇小窗。常常坐在窗前看书，也不必多专心，一片友好的阳光，一缕调皮的风，一朵摇曳的花，一串垂落的鸟鸣，一只路过的蝴蝶，都可以把我的目光牵引出去，然后便邂逅许多忘情的种种。墙角的一株青草，天空的一朵闲云，或者春暮飞花，秋深落叶，都让我的思绪进入到一种很远很远的境界中去。待得回过神，书已被清风翻乱，有时候也不去找看到哪里，随意一页继续看起，那些缺失的情节，都已被刚才失神的时光填补。

我总是想，如果窗前能有数竿翠竹，该是增添了多少清幽之气。或者是窗外一棵高高的柳，夏天里倾听知了的声音。最好是在如染的夏夜里，萤火虫点缀着小窗。只是身在这极北之地，此生还从未见过活的竹子，也没有见过萤火虫。知了倒是在异地他乡相逢过，也许匆匆聚散，还并未感到它们的聒噪。这些美好的，我都没有。或许正是因为我没有，才会觉得它们美好。

于是总是想起《红楼梦》里的一个片段，大观园初成，贾政带着一些清客相公连同宝玉游园，待到得潇湘馆，便看到一带粉垣，数楹修舍，千百竿翠竹遮映。贾政见此情景，便说，若能月夜坐此窗下读书，不枉虚生一世。每每看到此处，都对这句话深有同感。那样的情境之中，即使不读书，哪怕倚窗发呆，也是美好至极。

我也经常倚窗发呆。发呆的时候，似想非想，身在神飞，一种很奇妙的状态。冬天的时候，小窗紧闭，外面大雪飘飞。于是便抛了书，支颐而坐，看着漫天的雪舞，然后，便把目光锁定一片雪花，看它从高处不规则地飘落，看它中途与别的雪花相撞，看它投入大地的怀里，再然后，神思就恍惚起来，飞雪就隐约成了一种背景。

从发呆的天地中回还，雪势未减。便忽然想到，虽然我的窗外没有翠竹，没有萤火虫点亮星光，没有高柳鸣蝉，却有无边无际的雪花。想必这些，也是遥远的南方难得一见的吧？看来造物还是公平的，红尘里随处的一扇窗，也有着只属于它自己的美好。

而且发呆不分季节晨昏，也无法预约，可遇不可求，总是在某个瞬间突然而至。就像那些清风，那轮明月，总是不邀而自至。一直想在墙上挂一副对联，就写：不请自来风做客，难能可贵月为邻。虽然是我胡乱自诌的句子，却很喜欢，只是自己毛笔字的水平实在不堪，虽然小屋甚少访客，终究是不雅，所以，这副对联至今仍挂在我的心里。

我的小窗从不挂窗帘，所以一些事物可以随意来访。风是常客，而且登堂入室无拘无束，久了我便不怎么留意它，除非它弄乱了案上的稿纸。雨可以在窗外流连，偶尔的几滴尚还可以让它进来，雪虽然美，却是无缘窗内，只好在外面的寒冷里表演。风雨雪都是近得可以一拥入怀，而月却孤高出尘，且不时时处处，只在某些个晴好的夜里，在天上行走到一个位置，才会从窗口窥视未眠之人。月亮很远，月光很近，就像人很远，心很近。所以，无论月亮还是月光，都真的是难能可贵的偶尔芳邻。

喜欢每一个清晨，或晴或雨，或暖或寒，或霜或雪，都是小窗的装饰，从迷梦里走出来的我，张开眼睛，便能相遇一个美好的开始。

废　园

　　每到夏日，站在南菜园里，看着"蜂蝶纷纷过墙去"，于是，我也就"却疑春色在邻家"。记不清是哪一年的哪一天，我终于翻墙进了邻家的园子。

　　那时的我，心里还充满着无穷的幻想，清澈的眼睛也总能遇到很多美好的事物。眼中心底都还没有险山恶水，去隔断一份渴望的心情。

　　邻家的园子一片荒芜，短墙有几处倾圮。这户人家几年前搬走之后，这里便一直废弃着。从墙头上跳下来，我便被湮没于高高的蒿草之中。扑打着飞舞的蚊虫，我从蒿秆中挤出来，眼前是一个很大的园子，曾经的土垄都被各种恣意生长的草覆盖，草丛中开着许多小小的或黄或白的花朵。蜻蜓和蝴蝶成群结队地尽情栖飞，每一缕风都是从它们的翅间流淌过来的，带着淡淡的清芬。

　　许多年以后，当我在异乡的野外，遇见一个同样的废园，看着同样的情景，却是满眼的寥落，满心的萧然。每一声足音都敲响着落寞，仿佛时光的无情重叠着心底梦想的废墟。多少的曾经，在日复一日的面目全非之后，猝然相逢这样一个冷寂的园子，便生长出许多的沧桑和感慨来。

可是少年的时候，我有的只是满心的兴奋与期待，这样一个没有人烟的园子，得隐藏着多少惊喜和奇迹啊！园子的东西南三面都是很高的蒿草，或者因从未剪理而上下都是枝叶的杨树，北面就是院墙和院子，还有那个空房子。站在园子里，外边根本看不到我，这真是一个很隐蔽的乐园。

我踏着杂草，小心地躲开那些不避人的青蛙或者癞蛤蟆，来到东北角，那里有一堆木头。几只蚂蚱飞快地跳过去，溅起几朵阳光。底下的木头已经长了半截的青苔，而上面的几根，却长了一些耳朵状的东西，褐色，极硬。除了一些很大的黑蚂蚁爬上爬下，便也只有风偶尔停驻。我很快对这里失去了兴趣，转而向西北角那一堆杂物走去。

我高兴地在那里翻检着，破旧的手摇风车，破烂的农具，锈得失去了本色的犁，我用力搬开这些，仿佛移开了一段时光，寻找着深远处的宝贝。一只受惊的老鼠飞窜而去，我浑不在意，目光已经被一个物件牵绊住。那是一根比手指粗些的木棍，一米多长，一端还有一个手柄，我拿在手中仔细端详，猜想它可能是一把老伞的木柄。我飞快地挥舞着，满心喜爱，这真是一个让人羡慕的武器。我心满意足，虽然还有许多未曾翻找，但可以以后慢慢来。

北墙中间的墙根下，立着一只大缸，到我的腰那么高，上面已经豁了口。探头向里看，不知积了多少场的雨水，深绿色。我用刚得来的武器在缸壁上敲了两下，水中扑通一声，一只青蛙跃出又跌回。不禁大笑，这家伙不知怎么进到了缸里，却出不来了，天天坐缸观天。或许有一天，雨水积到豁口位置，它就能自由了。

我在异乡的那个废园里，也看到了许多堆积着的杂物，它们沉默在岁月里。可是却再没有一探的心思，怕那些飞溅的旧光阴，洞穿往事的壁垒。在如飞的日月流年里，尘埃漫漫，渐渐地蒙蔽了一份美好的情趣，也渐渐地丢失了许多珍贵的心境。就连那些翩然着的蜻蜓和蝴蝶，就连那些素淡的小花，也再难点亮幽深的眼睛。离去的时候，回头望，废园依然，就像我心底的荒凉。没有流连，更没有眷恋，只是一次不期然的相遇，除了一声叹息，什么都没有留下。

而当我拿着武器，翻过矮墙，回头的时候，却是有着无边无际的留恋。看着自家园子里整齐的蔬菜，想着邻家废园里那些蓬勃的植株，心头更是一片火热。是的，我觉得那是蓬勃的，一切都充满了活力。我甚至在月夜偷偷溜进去，感受一种不一样的情境。月光下的一切都静悄悄的，偶然的蟋蟀细细的琴声，一丝丝潜入夜色，当群蛙合鸣的时候，缸里的那一只也会大声叫。也会有着恐惧，想象着草影摇摇里，飘出些什么东西。只是回想的时候，却又那样有趣，那样怀念。

这是我一个人的乐园，可以寻，可以找，可以独处，连最亲近的伙伴也没有告诉。只是有一次，我正坐在废园里发呆，忽然邻近我家园墙的那边，传来一阵响动，然后蒿草摇摇，一只芦花母鸡钻了出来。它看见我，怔了一下，便若无其事地步入园子深处，轻车熟路地啄食草籽儿或者小虫。我会心而笑，芦花鸡是我家几十只里的一只，看来它很与众不同，竟然也寻找到了这处乐园。我很愿意与它共同拥有，互不干扰。

在这个离故乡千里之外的夜里，在我的回忆里，那片废园依然青青，依然神秘，像是一种召唤。使得心里的苍凉渐渐地焕发了生机，使得生命中的荒烟蔓草，都盈满了情趣。或许那些被废弃的，也正是不被困囿不被桎梏的，在自然的风中雨里，任意张扬着生命。

于是心里有了芬芳的意味，明天，我会去郊外走走，如果有缘再遇见一个废园，或许，就能因此点亮许多遥远的美好。

烟火可亲

　　我在邻村上初中，只有短短的几个月。每天放学后的黄昏，走在回家的三里土路上，心里便有着说不出的舒畅。先是走过一大片密林的边缘，一条毛毛道穿过农田，再经过那片已渐黄的草地，就到了那条很细很弯的小河旁。河很清浅，几块大石头散落在其中，轻轻巧巧地踩着石头跑到对岸，抬头看，村庄就已在不远处。

　　家家户户的炊烟升腾成一种召唤，许多倦鸟翅上驮着夕阳，投入身后那片林子，巨大的亲切感扑面而来。过了河，我的脚步就急切起来，沿着土路上牛羊的蹄痕，投进村庄的怀抱。在家门前的矮墙上一跃而过，惊起满院的禽畜，南园里成熟的果蔬清芬流动，草檐下垂挂着红红的斜阳和燕子的呢喃，长长的风跟着我走进房门。

　　外屋灶台上的大铁锅里冒着香气，灶膛里的火燃得正旺，旁边堆着的柴火，还散发着秋天的气息。只是离开家一白天的时间，回来就有着如此的亲切感，就像在穿越了风雨后，回归一个舒适的怀抱。

然后我看到母亲正在灶台前忙着，这是她日复一日不变的内容，家中田里，一日三餐，缝补洗涮。平日里我不曾留意，只有这种归来的时刻，才会感觉到那份温暖。那时还没有想过，如果有一天我很长久地离开家，再回来的时候，那一种感觉会强烈到什么程度。

后院人家的女孩子，和我差不多大小，可家里的所有活计基本都是她在操持。母亲长年卧病，哥哥在镇里打工，父亲要干田地里的活儿，所以她就用稚嫩的肩，撑起这个家的琐碎。站在院门口，我经常会看到她抱着一捆柴火进屋，过了一会儿，炊烟就升起来。更多的时候，她家里飘出很浓的药味，那是她给母亲熬中药。学校离得近，有时候她会在课间跑回来，看看母亲。

她却很活泼开朗，从不为家里的境况而担忧，也不为天天干很多活儿而苦恼。而且她那种欢快的笑容，很能感染人。后来，当我离家愈远，故乡的小村便浓缩成了家的感觉，对曾经的每一个人都有着亲人般的想念。那个时候，想起后院的女孩子，心里依然会涌起感动。村庄里的每一户，都是守着那片土地，一辈一辈过着烟火人生，那些院落相连成一个大家庭，不管悲欢离合，还是喜怒哀乐，都汇集成眷恋，成为无尽乡愁的来处。乡亲，乡亲，同饮一井水，共度朴素的岁月，便似乎血脉相连，亲如兄弟姐妹。

后来我家搬进城里，也是住在平房里，每天放学回来，看到烟囱里冒出的烟，依然会有着激动，而更多的，是思念曾经的村庄里那所低矮的草房。再后来，住进了楼房，便连炊烟也不可见。

在没有炊烟牵着脚步回家的日子里，总感觉少了一些期盼。

后来的后来，我便越走越远，也暌离得越来越久，快过年的时候回家，走进熟悉的街道，看到自家的窗口，虽然没有炊烟，虽然没有干柴火的清香，虽然没有满院的禽畜，可是心儿依然猛烈地跳动，那种感觉，像极了当年从三里外放学回家。空间加深了流连，时间沉淀了思念，所以，即使没有炊烟，我也一样在心里盈满了欣喜，因为，那扇窗里，依然是我所惦念和无数次梦回的烟火日子，依然是亲人的梦与盼在心底漫流成海。

所以，我可能永远都达不到那种不食人间烟火的境界，也无法想象那样心无挂牵的生活，我愿意在尘世的烟火人生里牵肠挂肚，平凡而悠长。

有一次小学同学聚会，都是儿时村庄里的伙伴，提起我家后院的女孩，他们说，她母亲后来还是去世了，她便也没读完高中就辍学，没过几年，就嫁到了北边很远的地方。想起当年她的笑容，我们很是唏嘘感慨了一番。只是人生的际遇有时很难捉摸，我从没想过会有一天忽然遇见她。

可是真的就遇见了，在我们故乡的村庄，虽然近三十年过去，物是人非。当时我站在村里的路上，看着我家原来的地方，那个让我魂牵梦系的草房早已没有了，我站在那里，用回忆拼凑着所有的昨日。然后，我就看到她，也站在那里，看着她家曾经的所在，似乎也在记忆里重温那些遥远的岁月。

说起那些往事，她的笑容依然那么欢快清澈，没有被时光的尘埃所篡改，就像岁月深处一朵永开不败的花，给我一种不期然的感动。

她说："我多想那时候的生活啊，虽然生活艰难，每天我都干很多活，烟熏火燎，可我很高兴，每天都是，因为我妈在，我爸在……"

我的心里也随之流淌着暖暖的河，一所房子，有了爱与牵挂，即使是寻常烟火，也是生命中最美的家。

蓝瓷碗盛不下

　　刚记事的时候，就知道家里有一个宝贵的大碗，就摆放在高高碗橱的最顶层。那碗极大，在农村叫海碗，碗外壁全是蓝青色花纹图案，看上去很美。我们这些孩子不知多少次被警告，严禁够触那只碗。那碗平时并不使用，只在年节的时候，才会摆放在饭桌的正中央，我们每人都有幸吃上几口里面的菜肴。

　　年龄渐长，听家里人说，这碗是祖辈传下来的，称之为传家宝也并不为过。祖父那时就常小心地捧着那碗细细端详，想来应该是极珍贵的，不知道多少年传下来，碗上连个缺口都没有，可见每一代人都是细心地呵护。村里人也都知道我家有这么个宝贝，也常有人上门来观赏，那样的时刻，我们脸上全是自豪的神情。虽然那时家里很贫困，可是因为有了此碗的存在，我们走在村里腰杆都挺得很直。

　　渐渐地，我们惊喜地发现，蓝瓷碗竟还有着许多意想不到的神奇作用。有一次我生病，上吐下泻，吃了许多药也不见好。这个时候，祖父请出了蓝瓷碗，把捣碎的蒜汁放进去，让我喝下。那是我第一次亲手碰触这宝贝碗，竟顾不上蒜汁的辛辣，一口气全喝了下去。说来也怪，当晚就止了泻，第二天就恢复了正常。蓝瓷碗诸如此类的神奇事件还有许多，比如用它盛上少许酒，放里一片止痛片，把酒点燃，待药片化开后喝掉，不知治好了我们多少次的头疼感冒。蓝瓷碗在我们的心里愈加神秘，就像小说里的那些法宝。

后来，此碗就引起了风波，险些毁于一旦。祖父极疼爱姑姑，姑姑出嫁时，祖父曾想将此碗作为嫁妆，于是引发了家里人的强烈不满和抗议，大家都认为这是全家共有的宝贝，谁也不能独占，除非卖了钱平分。祖父先是笑，后是气，最后当着全家人的面高高举起碗要摔掉。姑姑拼命阻拦，才抢下了宝碗，姑姑说："我不要这碗，大家都和和气气的就比什么都好！"于是蓝瓷碗躲过了一劫，仍高居于碗橱之上。只是总见祖父盯着它，眼神中透着复杂的光。

听父亲说，在动乱年代，祖父去当兵，多年不曾回来，是祖母一直保护着蓝瓷碗，不管怎样颠沛流离，都不曾离弃。

祖母在我未出生时就已经去世，想来她应该是一个很精明且执着的女人，那些年中没有男人在身边，她拖着一家老小从关里到关外，竟是不曾丢掉任何一个人，这是男人都极难做到的事。每当提起祖母时，祖父都会眯眼看着蓝瓷碗，目光里满是柔和的色彩。

我初中毕业那一年，父亲要搬进县城，于是面临着分家。祖父谁都不想跟，自己单过，于是叔叔们开始讨论家产的分配事宜。

生活虽然比以前强了许多，实际上却也没有什么家底，大家心之所系的，只有那蓝瓷碗。为此，叔叔们还背着祖父，拿着碗去县城里找懂行的人看了看，回来后都一脸喜色，说了些半通不通的术语，总而言之就是很值钱。只是祖父不发话，谁也不敢打这碗的主意。

在一个冬天的下午，家族里的人全都聚在一起，因为祖父终于要拿出意见了，我们这些小孩子也都站在一旁听着。祖父手捧蓝瓷碗，缓缓看了看他的子女们，说："这碗你们都知道，是你们的妈留下来的，那些年她拉扯着你们走到这儿，不容易！"一提起祖母，大家的脸上全是想念，眼中都闪着泪光。祖父接着说："我知道，你们都把它当成宝贝，而我也确实把它当成了宝贝。不过，今天我告诉你们，这碗其实并不值钱，它只是那个年代最平常的碗。可它的确是咱们家的宝贝，那时你们都小，可能不记得了，你们的妈，当年，就是拿着这个碗，一路讨饭把你们养活，把你们带过来！我把它当成的宝贝，和你们把它当作的宝贝不一样！"

听了祖父的话，大家全沉默了，没有人不信祖父的话，因为祖父一生都不说谎。最后，大家擦干了脸上的泪，表示要继续保存着这只碗，一直传下去，因为那是真正的宝贝！

如今，蓝瓷碗仍存放在老叔的家里，依然美丽没有裂痕，那碗虽然空空，却是盛满了祖母当年的爱，和我们不尽的感恩之情。

第四辑
低头见花

许多许多的美好，和我们只隔着一低头的空间，只隔着一低头的瞬间。

创造生活

　　世上有三种人。第一种人承受生活，觉得一切都是命中注定，便一步一步随波逐流地活到老；第二种人迎接生活，他觉得生活就像手中的一副牌，虽然牌面是注定的，但打法却由自己掌握；第三种人创造生活，认为生活就是一块洁白的画布，美好的前景全由自己去勾画。

　　"创造就是消灭死。"罗曼·罗兰如是说。创造生活就是把生活中的黯淡变成辉煌，平庸变成高尚，剪去命运的繁枝冗叶，使生命之树向更高的方向生长。创造生活，该是一种充满激情的挑战。

　　创造生活首先要创造希望。有了希望，前进就有了方向；有了希望，梦想的归宿才不再是雾里若隐若现的一幅剪影。创造希望也就是拥有了无尽的温暖动力，那还管什么脚长路短四顾茫茫；创造希望更是创造了人生的最大财富，一颗自由梦想的心就像远天下候鸟滑翔的身影，永远带领我们去寻找一种怦然心动的生活。

　　创造生活还要创造激情。人没有激情就像鸟儿没有翅膀，就像花朵没有阳光。如果生活是一只船，那么希望是帆，激情就是不停鼓荡的一帆风满；如果生活是一条路，那么希望是脚下的灯，激情就是漫漫风尘中的万丈雄心。创造激情就是在生活的风浪中创造豁达的心境、坦荡的胸襟和美丽的执着。

创造生活更要创造生活的内容。每一天的太阳都是崭新的，每一天的自我也是崭新的，每一天的生活更应是崭新的。就像在蓝天上点缀白云，就像在大海上点缀风帆，创造生活的内容就是在匆匆游走的岁月中加上一颗时常感悟的心，就是在生命的旅途中开创一片蜂飞蝶舞的芳草地，可以让灵魂时时在其中憩息。

学会创造生活，生命便展示给你一片常看常新的风景。如果没有创造，就不会有今天的世界，创造生活是人类文明发展的唯一路途。沿着这条路我们走过幼稚，走过丰盈，最终走向生命的极致！放眼一切赏心悦目的存在，你会感悟：创造生活就是创造美丽！

一枕乡音梦里听

离得越远，越容易听见乡音。因为在更遥远处，故乡的地域被扩大，乡音也成为一地之音。若在国外，可能闻汉语而动乡情。其实，如果细究到每一个村子，语言都有着些许差别，生于斯长于斯，感触细微。比如在同省，听到同一城，或者同一镇的声音，都会有着难抑的激动。

而在我家乡的小村子，语言没有什么特殊的音调变化，也没有什么特殊的发音，基本属于普通话，只是有一些词语或者句子外人难以弄懂其中的意思，这或许是东北话的普遍特征。当将乡音细化到村，那么，不仅仅是语言方面的缘故，更是因为同饮一井水的那种情感，才使得他们的话语也亲切入心。

当时村里有一个孩子，说话极让我们讨厌，倒不是他说什么难听的话，而是他说话时的嗓音和动作。他的声音很尖细，却又不似女声，所以听起来很不舒服，而且每一说话必手舞足蹈，因此大家都远远躲着他。直到长成少年，他说话依然如此。当搬离那个村子时，我竟很庆幸可以不再见到他，不再听到他的声音。

多年以后，当我在几千里外的异地他乡，回想起故乡的种种，也从没有那个孩子的影子出现。那个夏天的午后，我正躺在宿舍的床上看书，他便找了来，虽然多年不见，可是他一开口，我便认出了他。声音依然很尖细，依然手舞足蹈，然而，这曾经讨厌的一切，此刻，在陌生的土地上，竟差点逼出我的泪水来。

原来，曾经的一切，在经过距离的遥远和思念的累积之后，会变得美好，曾经讨厌的声音，也是游子心中的天籁。

当年的邻家老奶奶，白发苍苍，一肚子的传说故事，每天晚上，我们都会聚集到邻家，听她讲故事。她盘坐在炕头上，那略带山东口音的故事便流淌出来，每一天都不重样。我们听得上瘾，虽然害怕那些鬼神之事，但却欲罢不能。后来，那个老奶奶去世，也带走了她一肚子的故事。我离开故乡后，总是想起那个黑黑的屋子，想起昏暗的烛光，想起那张满是皱纹的脸，想起那略带山东口音的故事，才觉故乡遥远，而飘荡在记忆中的声音，却比故乡更远。

一个冬天的夜，窗外是无边无际的寒冷，拥被而眠，竟梦见了当年的情景，梦里，邻家老奶奶清晰的声音，穿过沉沉的梦境，化作醒来时的一枕清泪。有些乡音，真的只能在梦里重闻，梦，是比故乡更遥远的地方。

当年，村里有个傻子，每日里站在村口，嘴里发出哇啦哇啦的声音，他只会发出这一种声音，谁也听不懂他要表达些什么。那一年在外历尽风尘重返故乡，一进村口，便听见他独特的声音，带着巨大的亲切感一下子便穿透了风霜覆盖的心，泪落如雨。只要是故乡的声音，只要是乡亲的声音，总能抵达我们心底最柔软的角落。

可是，离乡日久，许许多多的乡亲却再也见不到了，更多的，都星散在外，而故乡也正一日日变得让我们不认识，心中的故乡渐渐远去。所以，我们越走越远，回去的时候越来越少，熟悉的乡音，也只能在偶尔的旧梦中响起。或许，我们一辈子不曾改变的口音，就是故乡给我们留下的印记，一直相伴，一如心中的故乡。

低头见花

有些东西，只有低下头来，才会发现它的存在，或者它的美丽。就如尘埃之中，那些被忽略的闪光之珠，又似回首时，眷眷恋着的，总是那些不经意间走过的寻常点滴。

在夏日的山岭间攀爬，至顶，四望都是起伏峰峦，长风浩荡，单调的苍凉与沧桑漫卷心头。只是一低头的刹那，见谷间丛丛簇簇的灿烂，那些幽幽的花儿，就在这样不期然的时刻，与我的目光猝然相逢。于是，高处的寂寞与孤独消于无形，那些年年开且落的幽谷之花，把一种心绪点亮，把一种感动暗放。

有的人有高处不胜寒的喟叹，他们过多地注目于自身的高度，从而错过了许多开在尘埃里的花。可那些在低处默默的东西，却是无比的宽容，它们就在那里，我们只要低下头，就会与美好相遇，它们就会给我们一种全新的心境。

有一年去一个大草原的深处，碧草连天，极远极淡处，天之蓝与草之绿交融于一处。驰心骋怀间，为无边的绿而震撼，也为其无涯而感到怅然。此情此境之中，极想看到一点别的色彩，来缓冲那种万里的单一。同行的旅伴却惊喜地叫："看，脚下的草里有花！"于是都低头，那些狭长的草叶间，生长着一种不知名的小花，没有指甲大，黄白两色，此时却如此地装点着我们的眼睛和心灵。

而更多的人，更像那些深谷之中或草叶之下的小小花朵，终其一生的平凡，就连那花儿也是毫不张扬，湮没于芸芸众生之中。可是，我们却很少有人抱怨，其实也并没有什么好抱怨的，只要能努力开出自己的花，即使再小再素淡，也是芬芳美丽的一朵。也会在某个时间，落入别人惊喜的眼中。如此，就足够了。就算无人用温柔的目光把那些花儿轻抚，只要绽放过，就是无悔。

每一个生命都是一朵花儿，每一个生命也都是一个赏花者。我们在行走的匆匆里，不忘时常低头去看那些花朵的美丽，同时也努力让自己的生命芬芳四溢，期待在某天，映亮一双落寞的眼睛。

相互洇染，相互温暖。我们与那些花儿的距离，我们与那些美好的距离，其实只隔着一低头的空间，只隔着一低头的瞬间。

去尘埃里寻找快乐

一

那还是上中学时，胡同口有个修自行车的老大爷，我家搬来的时候他便已在这儿了，听老邻居说他在这儿修车二十多年了。每天看见他一身油污两手漆黑地在那儿摆弄自行车零件，而他的头发已花白了，心中便会涌起一种怜悯。

有一次我去修车，他正蹲在地上仔细地看着什么，于是我问："大爷，你看什么呢？"他笑呵呵地说："快看，这几只蚂蚁在搬死苍蝇呢！"我一笑，心想他倒是挺有闲情逸致的。修车的空当，他起身把水盆中的水小心地浇到身后墙根处，那里，几株不知名儿的小花正在开放着。那一刻，心底便莫名地有了感动。

多年以后，在纷繁的世事中回望，想起故乡的修车老人，忽然就释然了。无论生活怎样清贫繁重，只要有一颗能时常感悟的心，就会充满情趣。就像那位老人，闲观蚁戏，随手灌溉，于是尘埃漫漫中便绽放了一个美丽的世界。

二

去一个山村采访，几天前，一场泥石流冲倒了这个村子的小学校，所幸并没有人员伤亡。站在废墟前，看着仅有的一所学校化为乌有，想到那些孩子面临失学，心情不禁沉重起来。

吃过午饭，我信步去后山上闲逛，远处传来一阵嬉闹声。转过一个弯，前面是一片空地，一群孩子正在那儿叽叽喳喳地说笑。空地的旁边堆满了山上冲下来的石头，一个大一些的男孩子站出来，拿着一小块碎砖片在一些石头上写些什么，然后他点名叫孩子们逐一去认他写的字，认出的欣欣雀跃，没认出的垂头丧气。最后那个大孩子一声令下，孩子们便抱起自己认出字的那块石头向山下走去，我跟在后面，他们直奔学校，把石头堆在那里。

我问那个大孩子："你们在做什么呢？"他说："学校停课了，我们搬石头还能帮学校盖教室，顺便复习以前学过的字！"说完，他带着那群孩子呼啸着跑了。看着他们的背影，我仿佛看到了美好的希望所在。

三

我家前面的工地上，正在建一座大楼，建筑工人们每天都在忙碌着，很火热的场面。有时写字累了，我就站在窗前，看他们劳动。时间久了，有一个瓦工引起了我的注意。他砌砖的时候非常认真，休息的时间，别的工友都在阴凉处打扑克，他却在工地上转悠，看着长高的楼房出神。我猜想他是在琢磨技术，真是一个有心人。

有一天黄昏我散步到那片工地，正遇见那个瓦工，他依然像以往那样打量着楼房。我上前搭话："每天干活这么累，你还在这儿琢磨什么呢？也不去歇会儿？"他回头看了看我说："不累，都习惯了。我在计算今天我一共砌了多少块砖！"我惊奇地问："你每天都要计算出来？"他笑着说："对。我答应老婆孩子等完工了，带她们来看看我们盖的楼。我得记住盖完这个楼我一共砌了多少块砖，到时我就对她们说：看，这么高的楼，有多少多少块砖是我砌上去的！"

那一瞬间，忽然觉得心被什么东西温柔地击中，这位普通的瓦工心中也有着温暖的梦想和自豪的骄傲！想想被物欲桎梏的我们，永不满足，疲于奔命，于得陇望蜀间将许多弥足珍贵的东西越抛越远。

四

在伐场看一群林业工人热火朝天地伐木，不远处一群孩子正在林间玩耍，这些孩子都是这些伐木者的子女。孩子们比他们的父亲更吸引我的目光，他们时而伏在地上逮蚂蚱，时而小心翼翼地采蘑菇，时而挖山蚂蚁的洞穴，弄得浑身都是尘土草屑。我不由得想起小时候在乡下，每天里都在泥土中滚爬，那份乐趣难再相逢。现在的孩子，各种高档玩具数不胜数，早已远离了泥土。

在生活中亦是如此。也许，只有身处生活底层的人，才更能体会泥土的珍贵，绽放的虽然是平凡的生活，那种真实那份情趣，实是胜过华丽的空中楼阁！

角　落

　　我们把所有不愿意展览的，都堆在那里，把阳光挡在外面。即使有丝丝缕缕的阳光进来，也只照亮最外面的一层，许多深埋的，如处永夜。角落似乎是我们刻意给遗忘留出的位置，它跟在我们身后，我们却连目光都不愿意给它。

　　有时候走得累了，不经意地回首，便一不小心扎进角落里。然后会发现，许多东西，许多当初不肯再想起的，再见时竟多了些感慨。没有了最初的心情，时光洗去了太多曾经的种种，那些在心里不见天日的，却仿佛化作了点点星光，闪烁着另一种美好。然后，我们休息够了，收回目光，收回心绪，转回身继续上路。于是，角落依然是角落，依然继续被遗忘着。

　　就像走得热时，去寻个阴凉的地方。角落，总是在我们艰难时，默默地等着我们。或者在冬季，或者风起时，角落便成了温暖的地方。可以挡风，可以暂时温暖，就连那些被流放到这里的所有，也仿佛温情脉脉。就像失意的人，会被墙角的一株草感动；就像在走投无路时，于心底的某个柔软的角落找到了希望和勇气。

角落就在那里，与我们形影不离，我们得意时往往忽略它的存在。我们走着，它就在后面捡拾我们抛弃的，或者我们失落的，它把它们储藏在那里，储藏在我们的心到不了的地方。有些东西随着时光变得陈旧，然后慢慢消散，而有的东西，则在岁月里渐渐散发光芒。当它们与我们回首的目光相遇，就会让我们的心里充满不期然的感动。

每个人的身边，每个人的心里，都有着不同的角落，杂陈着不同的过往。或许那些地方原本不是角落，只是我们放的东西多了，只是我们问津得少了，便慢慢地成了一个暗暗的狭小空间。那时的我们，从没有想过，这样一个被我们遗弃的地方，有时候会成为一个避风的港湾，会成为一个疗伤的安静之所，会成为一个最后的自由之地。所以，生命中的那些角落，更可能会是我们最后的退路，也是我们心灵的后花园。

当我们走进那些角落，尘世的喧嚣便隐于遥远，离那些被我们遗落的东西越近，也就离自己的心灵越近。哪怕有些往事已化尘埃，却也能丁一粒尘中看到自己曾经眷恋的世界。即使当时在那样的世界里我们伤心过失望过，此刻重回，有的却只是怀念与留恋。那些有形的无形的，充满着角落，也充满了我们易感的心。角落就像一个酿造之地，把那些我们遗忘的琐碎储存发酵，散发出香气，便醉了我们回望的心。

似乎都是消极的人喜欢躲在角落里，可是角落也并不全是阴暗。一个人躲在暗处，并不一定是在酝酿阴谋，更可能是在静静地等待伤口愈合。角落里隐藏着的，也并不一定全是丑恶，更可能是我们遗落的珍珠，或者，角落本就如蚌一般，包容着我们所有的失去，将一颗颗璀璨之珠悄悄孕育。

我们喜欢静静地坐在角落里，看外面的风云变幻，守着岁月的流逝。眼中心底全是恬然，我们在角落里，不散发光芒，却拥抱宁静。或许这也是一种境界，不是避世的超然，也非消极的等待，只是一种灵魂的憩息，或是一种生命的升华。

有时候，我更觉得，角落是两种生命状态的衔接处，那两面墙，一面是过往，一面是未来；一面是现实，一面是梦想；一面是铭记，一面是遗忘。在它们之间，形成了这个独特的地方，足以安放我们的灵魂。

走进一片雪花的温暖

越是寒冷的天气，雪花落得越勤。就如一生最寒冷的际遇中，总会凝结出一些直入人心的美好。其实冬季并不能将一切冻结，比如那些流淌的风，比如那些充满希望的心，都在冰封雪盖中生机盎然。

喜欢飘雪的日子，喜欢走进那一片苍茫的洒落中，身前身后都是舞动的精灵。女儿学校的门前，有一个卖冰糖葫芦的中年女人，在她的三轮车上，一根横着的圆木靶上，插满了红红的冰糖葫芦。她穿着一件绿色的旧军大衣，头上裹一条蓝色的头巾，脸上洋溢着暖暖的笑。孩子们都愿意买她的冰糖葫芦，我问女儿为什么，她说喜欢阿姨的笑。

后来知道这个中年女子身世很是悲惨，不说她那些种种艰难的经历，只是在如此寒冷的风中雪里，她的脸上能露出那么灿烂的笑，就足以让人心生钦敬。有一个雪天，路滑，车流如织，放学时间有许多学生在路上横跑。那中年女人冲过去，抱起一个滑倒的孩子放在路边，自己却被车蹭了一下，倒在地上。幸好车开得很慢，女人并没有受伤，她从地上爬起，掸掉身上的雪，笑着告诉那个孩子以后过马路要小心。而她身后的那些冰糖葫芦，像一串串红红的火。

记起几年前的一个雪夜，我们的车抛锚在一段土路上，透过茫茫夜色，依稀看见左前方有灯光。车上的几个人冻得直哆嗦，我便同另一个人冒着大风雪去向灯光处救援。走了近二十分钟，双脚已冻得麻木，雪花扑打在没有知觉的脸上。那是一个小小的村子，我们犹豫着敲开了村头一户亮灯人家的门，说明了情况，那个憨厚的年轻人立刻跑出了门，而老大爷和老大娘开始抱柴火烧炕。我们坐在热乎乎的炕上暖了一会儿，就见年轻人已带了七八个小伙子回来。于是我们坐着一辆农用拖拉机上路，到了公路上，大家帮着把车用绳索拴在拖拉机上，就这样把车拖到了村里。

大家进了屋，便闻到一股香味，原来大锅里已炖了满满的酸菜和猪肉，这让饥肠辘辘的我们大为感动。至今仍记得那一夜的雪花，坐在滚热的炕头上，看着外面茫茫的飞雪，竟觉得充满了温暖的情趣，浑然忘了刚才的寒冷。特别是那些乡亲们的笑脸，让人心里热乎乎的，就像是自己的亲人。

去年冬末，和几个朋友去山上拍雪，在一个山谷里，便看到了震惊的一幕。只见高高的悬崖顶上，已堆积了很厚的雪，如墙耸立。忽然，那雪轰然而下，一时间如瀑布纵贯，惊天动地。一分钟后，积雪倾尽，我们却依然沉浸在那一泻的气势里。是的，所有雪花的积累，也会爆发出如此的辉煌，蕴含着如此的力量。

人生之中的挫折磨难亦是如此，是一种沉重，也是一种积累。面对飞雪的瀑布，心中似也燃起熊熊的火焰，激情满怀。

我更愿意相信，每一片雪花都是冬季里那些不甘寒冷寂寞的心绪，都是那些充满温暖和希望的心灵在飘飞。忽然想起，在女儿学校的门前，那个卖冰糖葫芦的中年女人，在被车撞倒在地上的时候，头巾飘落，发上戴着一个雪花状的卡子。在飞舞的雪花中，那个发卡一下子就击中我心底最柔软的角落。

孤灯小卷

我记得小时候，总停电，那时我喜欢看书，常常在晚上，在自己住的小屋里点一根蜡烛，然后捧一本薄薄的书，倚在枕上看。或者是课外的作文书，或者是借来的小人书，在摇曳着微黄的烛光里，每一个字都生动得像要开出花来。

仿佛在那样的夜里，只剩下一盏灯，一本书，还有我明亮的眼睛。这里夜只是一个背景，读也只是一种状态，多年回望而落于心底柔软处的，却是那盏灯和那本已不记得内容的薄册。

大学时读的书就多起来，宿舍里到时间就停电，起初我们都是拿个小手电，用被子蒙头盖脸，在被窝里看书。后来我就觉得这样很难受，再好的书也读不进去。于是在一个夏夜里，熄灯很久之后，我就拿着一本书，偷偷溜出宿舍楼。宿舍后面的路边有一盏路灯，对面是女生宿舍，灯下是一个台阶，我就坐在那里读书。

已记不清有多少个那样的夜晚了，头顶孤灯相伴，洒下一片柔和的光，偶尔飘来一丝长长的风，吹得身旁的草叶细细地响，星光月色都被身后的楼房阻挡了，只有这一盏灯还亮着，只有这本书还翻开着，只有我还醒着。

后来毕业，然后就是辗辗转转，在世事的风尘劳碌中，读书的时间越来越少，仿佛心境全然改变。可是每到睡前，还是习惯性地拿本书，心思却不知飘忽到何处。刚参加工作的时候，住在工厂的宿舍里，很大的一个屋子，三个人住。我的床在一个角落，每到夜深，当室友的鼾声响起，我便拧亮床头那盏小小的台灯，让它只照着我的那一角黑暗。那时看的多是薄薄的杂志，看那些小小的文章。在文中那些寻常的烟火人生里，努力去找寻能贴近我心灵的东西。

有时候会遥思古人灯下读书，月影小窗，一灯如豆，那一幅读书的剪影该会有直入人心的魅力。虽然已无复古人之风，可在属于我属于书的那些夜里，总会有一些心绪是与古人相通的吧。就像一个朋友曾给我讲，他在工地上当力工的时候，每天都干活到很晚，匆匆吃过饭，别的工友或鼾声如雷或出去游荡，他就躺在大通铺上，借着一点灯光看一本从家里带的书。他说多年以后，那些苦那些累都已淡忘，只有那看书的情景仍历历在目柔柔在心。我想，那样的时刻那样的一个身影，也应是有着一种魅力吧。

在一人一灯一书的夜里，别的都会悄然隐退，世界上只有那一点光、一卷丰盈和一缕思绪。那样的晚上，放下书，熄了灯，便会有一枕恬然而带着书香和希望的梦在等候。

泥做的童年

我沿着东房山的背阴处，躲过太阳的热情，经过那只在阴凉里吐舌头的花狗，路过墙根儿那两头拱坑的白猪，便来到房后北园的墙角。几个伙伴已经等在那里，于是阳光在别处洒落，软软的泥巴在几双手里变着形，延续着古老的游戏。

倚着的土墙，就像大地站了起来，上面也长了些不知名的小小草株，墙面泥土里掺杂的草末，散发着浅浅淡淡的味道。我们的笑声掠过身边的飞虫爬虫，攀上蜻蜓透明的翅，攀上蝴蝶多彩的翅，悠悠飞过墙上的短栅，飞向遥远。我们就坐在泥土上，感受着大地的温度，快乐地玩着泥巴。比谁把泥巴摔得响，摔得爆出的孔儿大，泥沫飞溅中，仿佛幸福的炸弹在不停地将快乐传播。

摔够了泥泡儿，便用泥巴来做我们的玩具。小小的汽车只有苍蝇当乘客，而小小的房子，也只能蚂蚁进出。我们在八月的热风里，同大地上的精灵一起游戏。寂长的午后，屋里的人酣眠歇晌儿，我们就和风一起，和阳光一起，和各种虫鸟一起，守着简单的快乐。当院子里出现的第一声脚步打破寂静，我们也尽了兴，开始站起身，随意扑打一下身上的尘土，道别，和伙伴们，和泥做的玩具，和那些陪伴我们的虫儿。

家家户户开始出现声响，先是人们睡足起来，扛着锄头去田地里干活。那些小憩的禽畜，也开始了新一轮的喧闹。渐渐地，院子里重又恢复了安静。喧闹飞到了田地间，人们干着活，偶尔和相邻的人大声说笑。不远处的小河清清地流淌，里面融化着欢声笑语。我们这时也会转移到田边地头，坐在田垄上，揪下几根狗尾巴草，编成毛茸茸的小动物。

当屁股下的泥土越来越热，我们会跑到河边，脱光衣服，冲进那一脉清凉。很是眷恋脚掌踩在河底软泥上的感觉，一种轻轻的痒，一种淡淡的暖，还有一种微微的滑，都极入心。即使许多年以后，也会记得。就像记得那条浸满了我们快乐的小小河流，不管身在多遥远处，回想起来，都会有着无边无际的流连。

当太阳走到西边的树梢上，疲惫的我们开始沿着那条土路往村里走。干硬的土路上，牛羊的蹄痕宛然，仿佛还深蕴着那些踏着夕阳的足音。走进柴门，两只相斗的鸡正嘴尖相对一动不动，花狗摇动着尾巴迎来，南园的土墙短栅上，蝴蝶依然凝固在上面。进了屋，躺在土炕上，看着墙上棚上糊着的报纸，有些报纸已经破碎，露出斑斑块块的泥色。朦胧间，便觉得那些露出的部分，或像人的头像，或像狰狞的鬼脸，黑猫从身上灵巧地跃过，跳进了我的梦里。

一场大雨不期而至。先是在村南的低而阔的遥远处，在无边的大草甸上，雨的脚步便飞快地跑过来。雨的脚步经过了那些茂草，经过那些干硬的土路，经过没来得及避开的人或牲畜，迅速地闯进了村子。于是伏在窗台上，隔着玻璃，隔着草檐的水帘，看世界的朦胧，也看世界的清晰，当然也只是我眼中的世界。我看到，歪脖二叔赶着羊群在小林中避雨，也看到前院大表哥急急地跑出来盖酱缸，看到南边远处的大草甸子上，一些熟悉的身影。

大雨倏来倏去，却把人间洗得一片清凉清新。当房檐上的草茎切口处还在不断地渗出明亮的水珠，院子里已经被小家伙们弄得泥泞不堪。两只白猪拱出的土坑里，满是泥水，它们并排躺卧其中，惬意地哼着。鸭子们伏低了身躯，扇动翅膀，仿佛在水中嬉戏一般，从这头跑到那头。而几只小鸡崽儿，正好奇地用尖嘴去啄小水泡中那弯闪亮的虹。

我们冲出院子，脚步镇压着泥泞。正赶上歪脖二叔赶着羊群归来，绵羊们的蹄声惊得泥水四溅，躲过这一群已黑白不分的队伍，路面便已被糟蹋得不成样子。我们来到低处形成的小溪或小池塘边，岸上的泥土湿润柔软，在我们的手上变成小桥，变成堤坝。它们等着太阳把它们变得坚硬，它们坚硬后，身后的水洼就消失了，它们茫然站在阳光下，不知守护着什么。

我们把快乐揉进了泥里，然后哪一天泥已干了，不小心踩到，碎了，笑声便溜了出来，往事也溜了出来。我们就在一场雨的停落之间，在积水的盈涸之间，在泥巴的干软之间，把童年融进湿漉漉的岁月。

阳光倾泻而下，在父亲的额头冲出了一道道汗迹。父亲正与一大堆泥较量，手中的二齿子在泥里不停地搅动，把泥和水还有碎草或者麦壳尽量搅在一起。和泥是极累的一个活儿，就像把不同的季节硬生生地捏在一起。泥和好之后，要填到长方形的坯模子里，一块一块，凝固成淡黄色的厚重，等着垒起一堵挺拔的墙。

除了制成土坯，更多的时候，是用人泥来抹墙。房子的外墙，每年都要重新抹一遍，仿佛把阳光和庄稼的气息都抹了进去。朝阳夕阳，把房子东西两座大山映得生动无比。未干的墙面挽留住了每一天的阳光，所以当墙面干了以后，里面就藏满了温暖。当然，墙面也把我们偷偷印上去的掌痕保留了下来，细腻到可以看清手心的每一条纹络。

有时候，阳光倾泻而下，我们这些小孩子也在挥汗如雨。我们也在细细地和着泥，却是另有用处。选很细的土，最好是黄土，最好是放少许沙子，然后用水和，把泥揉得均匀细腻。然后把和好的泥搓成无数个玻璃球大小的泥丸，放在太阳底下晒。这是我们男孩子重要的东西，随身携带的子弹。每个人都有一把自制的弹弓，每个人的口袋里都装着干硬的泥弹。

后来便和聪明的孩子去村西的砖厂，偷那些刚刚制成的砖坯。砖坯就是一种硬度黏度很高的泥，然后我们便把它搓成无数颗泥弹，比我们自己做的，要坚硬许多。那些年，我们把无数的泥弹射向天空，也不知落于何方。而当年那些飞散的泥弹，就如今天回忆中的往事，我在岁月深处一点点地搜寻，每找到一颗，都是无限的欣喜。仿佛时光中所有的眷恋，都凝固成小小的弹丸，在时光的彼岸，如星闪烁。

那时候，觉得每个人都像是神话传说中所讲的，是泥做的。我们这些小孩子自不必说，每天在大地上翻滚，如泥猴般。那些在大地上劳作的人们，也是尘埃满面，常被汗水冲出一条条的泥痕。坚硬的手掌上，那些如沟垄般的纹络里，也积满了泥尘。干完活回到家，一盆清水洗成了泥水，可是身上脸上依然是泥色。

在经历了一生中每一天与大地的亲密接触后，那份泥土的颜色便已深入肌肤，融进了血脉。于是一代代地化作特征遗传下来，我们便都有了泥土的肤色。也许我们的身上，也有着永远洗不掉的泥土的气息，当离开之后，就是故乡的气息，泛着亲切与眷恋。

歪脖二叔死在一个雨天，赶着羊群回来的时候，摔倒在泥水里，便再也没有起来。那些羊也停在那儿，不走，亦不散。隔了一天后，雨停，出殡，我们看着歪脖二叔躺在那个令人恐惧的东西里，被抬向了野外。他的后人们，跪在依然泥泞的大地上，哭声穿过每个人的心。

在那片不知长眠着村里多少代人的坟地里，一个大坑已经挖好，泥土堆在边上，黑黑的，亮亮的。那个上午，我们远远地看着歪脖二叔睡进了泥土里，在这片土地上，又少了一个人。那些羊，默默地站在远处的草地上，似乎在寻找着一种永远找不回的失去。

几年后，外公也睡进了泥土里，再然后，爷爷也回归了泥土的怀抱。当那些跪在泥土上的人中，有了我，当看着自己的亲人长眠在这片土地上，心中便有了很深很深的牵挂。就像生长在这片土地上的根，再也拔不出来。多年以后，当我离那些泥土越来越远，心中的想念却越来越深。才忽然明白，亲人长眠的土地上，才是真正的故乡。

那天看一个孩子跌倒在公园的土路上，年轻的妈妈用力拍打着孩子身上的尘土，擦着孩子沾满泥土的脸。我便知道，他们的童年，离泥土越来越远了。而我们，童年已遥远，那片土地也已遥远，而泥土构建的初始却不会被岁月的浪潮冲毁，在飞舞的阳光里，我们总能闻到故乡的味道。泥土的芬芳，是我们的标记，是我们的印记，在不管走出多久多远后，依然能让心回到最开始的地方。

故乡的标点

　　有时候回望故乡，曾经的点滴种种，就像一篇情节曲折细节感人的小说，心就徜徉于其间，流连忘返。而那份乡情浸润的记忆，如风如月，散文般动人心怀，回味悠长。那些星星点点于往事中闪烁的，就如标点般，分隔着许多情节的变换，也连缀着许多细节的相互辉映。那些标点般的存在，就是故乡烙在我心上不可磨灭的符号。

　　村西的那条小河直直地流淌，儿时遥望河流的尽头，是无尽的憧憬，如今从记忆里望去，却延长着我的思念。河流是一个破折号，一头连着故乡，一头连着我的心，完成着一句最深情的表达。

　　最眷恋村中央的老井，多少清晨同太阳一起涌起的喧闹，多少黄昏烟袋点亮井台上空的第一颗星星，它沉默地陪伴，在日月流年里。圆圆的井口，装进了祖祖辈辈的目光，也装进了数不尽的星光月色、许多岁月的沧桑变迁。然后终于有一天，它静静地消失。老井是个句号，终结了一段过往，开启了一轮想念。它把怀念封存于过去，只有回望的目光，只有心底的温暖，才能走近它的故事。

那些灵动着的鸟雀，倏聚倏散，时栖时飞，就像一群不安分的逗号，调皮地更换着位置。于是村庄故事的情节被它们不停地打乱重组，生发出许多不被预料的精彩。还没有从一个情节中回过神来，逗号们已把另一个情节呈现。当年看不过来的细节，跟不上的节奏，在多年以后的回忆里，却如慢镜头般——上演，纤毫毕现。

有人说，跟着炊烟的脚步就能回到家。可是，当隔着时空的距离，即使被炊烟牵手带回的，也不再是过去的故乡。村庄的炊烟是无数的叹号，每一天的早中晚，都在天地之间书写着一种情感。就算有风的时候，也吹不散那一缕牵挂。炊烟下的房子，就是叹号的一点，也是生长着所有梦与情感的地方。所以，跟着炊烟能回到家，一个所有爱恋的来处。

村周围的那些林子，像一组巨大的括号，把故乡揽进温暖的怀抱。所有的阴凉洒落，所有的温暖萦绕，多少春秋冬夏，故乡都在安逸宁静与幸福中存在着，它也一直这样存在于我的心里，从不曾因世事沧桑而改变。

宁静的夜里，狗的叫声就像一个个顿号，在现实和梦境中切换着情节。仿佛梦里一个短暂的停顿，狗沉默了之后，便又回到梦里的故事。可是在没有犬吠的都市之夜，一梦沉沉，疲惫至极。再没有一两声狗叫，缓冲一枕的流逝。就像不停地跑了许久，累到欲死，依然没有能够接近故乡。

亲人的心是引号，我的心是引号，我们用心记取着每一句话。

虽然时光走远了，那些话却一直在引号间响着，便是彼此的幸福。当亲人故去了，当时光也老了，失去了一半的引号，那些话便都散落在泪水中。我想说更多的话给他听，可是，再也没有另一颗心把这些话语留住。于是，我的思念便不可断绝。

小河边的垂柳是问号，亲人弯了的腰是问号，想念时低头流泪的姿势是问号，都在问着同一句话，为什么要离开故乡？为什么宁可在终生的怀念中去爱，也不愿意守着那一方热土？

所以，父亲夜里的咳嗽声，我离开家乡的足音，母亲时常的叨念，都是省略号。省略了那么多的故事那么多的心情，却使无言的种种如海一般将我淹没。走得再远，离得再近，永远不能省略的，都是离家孩儿的赤子之心。

心有斑斓景自春

　　常常会有这样的时候，分明是湖光山色或清风明月，心里却是一片萧瑟，不管怎样的美景，总会有将心触痛的地方。细细想来，那样的时刻，却都是人生最落寞伤怀之时，在黯淡的际遇之中，心灰则天暗，麻木的脸总是与冷漠的眼相遇。于是处处皆秋，仿佛沧桑奔涌，风霜扑面。

　　有一年自己亦是处于这样的心境之中，偌大的都市，在我眼中毫无生机，只是一片钢筋水泥筑成的冰冷森林。就在那个时候，偶然结识了一位老者，他是当地颇有名气的国画大师，擅画鸭，曾以一幅《百鸭图》获全国大奖。我曾欣赏过那幅名画，画中百鸭情态各异，极具情趣。与老者相熟之后，渐渐了解到他的经历。他年轻时就酷爱国画，且小有名气，可是正逢"文革"动乱，他也被牵连进了牛棚。与他一起被下放劳动改造的，都是一些艺术界人士。从身到心的疲累，使这些曾满怀激情的人日渐麻木，看不到前方的路，而眼前的苦难，成了最大的煎熬。

老者对我说："那时我在接受批斗之余，就是去放生产队的鸭子，那是一大群鸭子，每天把它们赶到河边，我坐在那里，看着流水万念俱灰。有一天，无意之间，我注意到了那些鸭子，发现它们很是有趣，从情态到叫声，给我一种全新的感觉。我就像发现了一个崭新的世界，于是每天观察鸭子，看它们弯弯的眼睛，就像是永远都在微笑。便想到画它们，我拿着树枝，就在河边的土地上画，每天都画，一下子轻松了许多！"

后来，平反之后，与他一起落难的那些艺术界人士，多已放弃了当年追求的东西，只有他，画艺却是在那些年中进步了许多。那些同伴都已显出老态，而他却容光焕发，仿佛那些遭遇只是一个短短的梦。我知道，自从走进鸭子的世界，他的心里便安静了，便有了希望，于是日子便生动起来。

一年之后，我去了一个山村的小学当教师，虽然际遇依旧，可是心里却已暖暖。在那个天涯一般的地方，每一天傍晚，我都会在校园里点燃一堆木头，支起铁锅熬粥。四处的山岭寂然，长风流淌，在粥香弥漫中，有着一种充实的满足。虽然穷困偏远，却让我于极静之中，在心里生长起郁郁葱葱的希望。就如秋天的远山，树凋草残，可是明月高悬，一切在我眼里却是那样多姿多情。有朋友来看我，见我现状，很是唏嘘，我却淡然而笑，指给他看深秋的五花山，告诉他，那一片五彩的斑斓，实是胜过春日。

是的，在我的亲身经历中，已经深深懂得心绪对于心态的影响。心存美境，则生命中再无困境。无论怎样的坎坷遭遇，那样一颗充满生机的心，就会使艰难的境遇变得柔软如春。世界并不是由许多冰冷的墙筑就，只要心怀美好，就会发现那些墙上，有着许多扇充满希望的门，也有着许多扇阳光倾洒的窗。

忽然想起，在曾经那位老者的一幅画作上，看到他题的两句诗："人无琐碎云力静，心有斑斓景自春。"是啊，这真是道出了人生在世充满情怀的态度，这实在是一种至高至美的境界，其实也并不是难以企及，只要在你心里种上一颗希望的种子即可。

心中永远不磨灭希望的色彩，那么，即使身处严寒，也会温暖如春。如此，你就会在随时随境，真心地感叹：这世界，多好！

流过枕边的河

　　远如梦境的那个村庄，依然在千里之外，在呼兰河东岸，驻守着我所有的思念。而所有的过往都在世事劳碌中尘封，一如寒冷的日子里，那条凝固了形状的河流。只是总在某个瞬间，会感受到心底深深之处悄悄涌动的希望，仿佛冰封雪盖之下，河水仍流往自己的方向。

　　时光有时会冲淡记忆，却封锁不住梦里的一次次轮回重温。儿时陶醉于岸边无际的大野甸，丛生着许多童年的乐趣。少年时的夜里，曾经充耳不闻的流水声，已经能牵动无眠的思绪。仿佛河就流在枕畔，人若舟中，听涛而眠，梦里全是摇曳的最美年华。那时刚刚读过萧红的《呼兰河传》，心底便有了浅浅的感伤，眼前的变迁重叠着旧时的影子。便有了庆幸，我并未曾经历这条河流的沧桑，书中的过往，也只是我一个遥远的风景，站在岁月的岸边，我看不到它的流逝。

　　现在想来，河边甸上的一切都是我所有温暖的来处。春日里的虫儿翻飞，盛夏的鸟雀翔集，秋天岸边高高的茂草丛中有着不变的月升月沉，漫天飞雪中无际的洁白宁静，四时佳兴，是生命中永不再来的美好。几年前，重回呼兰河畔，河流依然，只是不见当年的大草甸，不见了我夜夜梦回的家园。二十多年的光阴，被拉长至无极，心底的那条河，永远也回不去了。

后来我便常常步行二十里去县城，去那个有着一圈青砖围墙和暗红大门的院子。满庭葳蕤，掩映着那个年轻女子的塑像，她的灵魂已经漂泊无依，只留下这样一个思念的形象，守着故园中如旧的日夜晨昏。轻轻迈动脚步，怕惊飞所有栖息着的往事，在少年悄喜轻愁的心中，我竟不敢凝望，怕猝然的目光，刺痛那个活在童年里的女孩清澈的眼眸。在萧红故居里，我常自神飞，似怅然，似寂寞。

我知道在萧红的童年里，也可以夜夜听见呼兰河的涛声，不知那时她是怎样一种心境。只是如今河流早已改道他方，她一直眷眷恋着的母亲河，不知何时舒张开了臂膀，不再将她的老家拥在怀里。所以萧红再也没能重回她的怀抱，如飘蓬辗转客死他乡，所以她只能在无边无际的回忆里，让这条河流淌在数不清的思乡梦里。她不知道河流的变迁，也是一种幸福，从而只有美好的怀念，却无伤逝的愁绪。

那个时候，每次萧红故居归来，站在河边，一脉清流依然，却总觉得河水中多了一些让我牵念的东西。那时的我，从没有想过，有一天也会离开几十年。只是我比萧红幸运，我可以归来，虽然归来亦是过客，却能在它的身畔驻足，回忆。可是我又比萧红不幸，萧红的呼兰河永远是她童年的河，不被风尘沾染，不被流光雕琢；而我的呼兰河，我要一次次面对它的面目全非，一次次将记忆中的一切撞击得疼痛欲碎。

只是我原来一直坚信，不管它如何改变，无论是华丽的堤还是整齐的柳，无论是野甸变良田还是河面变狭窄，河水应该永远不变。在那一河清澈中，总会有着永远的重逢，总能濯洗我心上的漫漫风尘。可是，那年的重逢，却是那样悲怆。河水中散发着刺鼻的气味，再不见当年的清透，再不见当年的渔船往来。我不知道这二十年的时间，是什么让它悄然垂暮，是什么让它病入沉疴。鱼虾只能嬉戏于旧日梦中，渔歌也成绝响，我的心随着漂浮的垃圾越沉越深。那个有着很好阳光的午后，我站在河畔，滴下了泪水，只是我的清泪，无法唤回曾经的美好。

那个夜里，我借宿在离河不远的农家。躺在硬硬的土炕上，透窗而入的长风带着庄稼的气息，却藏着丝丝河流如今的味道，就如我的回忆里除了甜蜜，如今却有着不绝的凄然。夜幕长垂，流水声依然盈耳，无法与记忆重合。童年的涛声如母亲咿咿的浅唱，今夜的流水却似呻吟，似呜咽。

忽然羡慕萧红，她在遥远的他乡，伴着她的呼兰河是那样可亲可近。我宁愿不再归来，我宁愿让那一河流水永远淌在我的心中，淌在我的梦里，然后化作热泪，洒湿我的枕畔。年初的时候，家乡好友打来电话，说起呼兰河，有着一种欣然之意。她说河流已经变清了，治理已经见到了成效。心中翻涌着暖暖的思绪，再度有了回家的渴望。夜夜流过我枕畔的母亲河，终于不再让我迷失，不再让我找不到家。那每夜的涛声，不再是流逝沧桑，不再是悲号哭泣，永远是一种呼唤。唤醒沉睡的美好，唤我归去。

明月照雪

　　记忆中有一年的中秋节极冷，傍晚时分便下了场雪，地上积了薄薄的一层，夜里一时未融，天便晴开，圆月升空。月光照在那层雪上，银辉流泻，氤氲着一种清冷迷蒙的氛围。雪极浅，月光淡淡，两相辉映，一时分不清是雪还是月色满庭。

　　早晨阳光照耀，那层雪已逝去无痕，回思昨夜情景，恍惚间不甚分明，就像梦里的种种。月光照着最初的雪，极难相遇，最早的几场雪都是早早地融化掉，若是夜里，则天阴无月。所以，那一场雪，那一轮月，一直记得。而到了深冬时候，朗月涂抹雪原的情景却是常见。

　　一个很冷的夜里，我们的车快接近城市的时候出了故障，于是相互鼓劲儿步行回去。穿得极厚，在零下三十多摄氏度的气温下，依然是难挨，只好脚步加快，以此来驱散如影随形的冷。是夜月圆如镜，照着周围无尽的雪野。由于是抄近路，所以地上的雪都盈尺，每一步下去，都是柔软的羁绊。厚厚的雪原，在月光下闪着淡远朦胧的光，北风猛烈，吹起细雪如雾飘飞，细细密密的光亮飘忽消散。

起初的时候还满怀欣赏的意趣，可是当寒冷浸透了身心，当落脚越来越沉重，便只剩下归心似箭。到得家中，温暖扑面，缓解了身上的冷，向窗外望，一轮冷月依然照彻。回想刚才路上的一切，便又觉美好临近。原来，那许多的艰难，也造就了平时难得看到的美，当一切都走过之后，回望，那份美更是直入心灵。

寒冷凝结的情致，寒冷绽放的美丽，有着特别的感染力。或许人生的际遇也是如此，在最艰难的时候，总会有让我们铭记的感动，虽然有苍凉侵怀，可是那种美丽却是入心。

去年的元宵佳节，正逢天气晴好，夜空幽蓝，明月高悬。出门去看月，门前的水上公园里却是各种灯光闪烁，抬头见月，低头却难觅月色，月光已被灯光排挤得无迹可寻。于是便信步向远处走，出了城，一片广阔的雪原，直连向更远处朦胧的山影。仿佛远离了尘世，月亮也一下子清晰亲近起来。月色将雪原轻拥，一片幽幽的明亮，是夜有轻轻的风，细密的月光同着细密的雪一同流淌。此刻浑然忘了寒冷，眼中心里，只有那月，只有那雪。

忽然想到，这轻风，这雪花，这月色，如此的风花雪月，尽集于此，却有着全新的意味。回头看身后城市的万家灯火，竟有着不真实的感觉，处于天地间的两方虚幻，就似立于人生的极致，流连且眷恋。

真的，人的一生中不会经历太多明月照雪的情境，非是难遇，而是我们习惯了不去寻找。一如在长长的一生中，我们已经走得麻木，习惯了随波逐流，却不会于艰难坎坷中去寻那一份映亮生命的美。

　　所以，不管怎样的际遇之中，我都希望我们的心里有着明月，还有月亮下洁白的雪原，如此，我们的生命，定会皎皎如月纯纯如雪，无论何时回首，永远都是圣洁美好。

旧时池塘

　　越来越多地想念儿时的池塘，也越来越多地渴望能有一个院子，里面有个小小的池塘，每天对着它，看风飞云舞，静守流年。我总是觉得，池塘应该是很小的，只要能容纳几声蛙鸣，融进天光云影，就足够了。

　　从前的村庄，南面是个大大的草甸，里面大大小小的水泡子像珍珠散落。那时，我们不叫它们池塘，水泡子是我们带着泥土气息的称谓。经常在大草甸里玩耍，也经常邂逅充满神秘的池塘。近岸的水边，生长着高高的香蒲，金黄的蒲棒夹杂其间；还有那些叶子狭长的茂草，摇曳着一簇深碧。水里有各种不知名的小小鱼儿，水面上的虫儿飞快地滑行，时而有蛙入水，激起悦耳的声响。

　　多年以后，当我读到谢灵运"池塘生春草"一句，回望旧日的水影，竟是联想颇多。那时的池塘，路过着最朴素的风月，草气花香浸染着一池静水，时有鸟鸣落入其中，便于回忆中荡起无边的涟漪。

如今在城市中，也会遇见池塘，可是却带着太多雕琢的意味。我宁肯在荒郊野外，对着一个杂草杂树掩映中的池塘，也不喜欢那些修建了精美亭阁的水光潋滟，自然而然的池塘永远有着直入心灵的魅力。

一场大雨落进过去的岁月里，于是院子中那个被几头白猪拱出的大坑，便成了微型的池塘，少了几多野趣，却平添了不少烟火气息。雨还未停，那几只鸭子便已在水坑里追逐，小鸡们偶尔会去啄水中虹的倒影。太阳再现，猪们便联袂而来，赶走群鸭，在水中舒适地躺卧。

那时我们常跟着父亲，扛着扒网去甸子上捕鱼。通常是到那些涨满了水的池塘，一网扒上来，好多大大小小的鱼，还有误入的蛙，更有些不知名的水里的虫儿。我们兴奋地挑拣着，心儿就像那些鱼儿般跳跃。小小的池塘，藏着太多的乐趣，就像我们的童年，收藏了最美好的种种，用一生的时间去回忆，也不能穷尽。

曾经有一个夜里，我独自一人穿越大草甸回村，天上一轮圆月。蛙声起伏的背景，衬托着无边的宁静。我路过一个池塘，它闪亮着如一面不规整的镜子，低头看，水里的月亮就开放在那些蒲草的叶尖上。如潮的蛙鸣掩盖不住一声入水的轻响，或是鱼儿跃出水面又落回，或是草地里的蛙一个猛子扎进星光月色，或是我的脚踢起的小小土块儿，翻滚着投入水的怀抱。

岁月的风长长地吹过，吹干了曾经大草甸上无数的池塘，我的心就如那些蒲草，不知依何而生，在辗辗转转中枯萎消散。多希望我的心也变成一个小小的池塘，一怀星月，一季斑斓，一生眷恋。那些旧时的池塘，依然闪亮在生命深处，那些蒲草的叶尖上，仍开着不变的星光月色，那些曾经的风，曾经的月，漫透时光的阻隔，依然给我带来最熟悉的水色，不变的感动。

是的，能坐在那样的夜里，听听蛙声也好，看看青草也好。

扣子是开在童年的花

　　有一天，忽然发现女儿所有的衣服上，扣子都极少，多是各种拉链，就是有几颗扣子，也是装饰点缀所用。便想起儿时，那时的衣服多为母亲缝制，扣子也是极朴素的，将衣服扣紧，焐暖了整个的童年。

　　母亲有一个小小的针线篓，里面除了针线，便是各种扣子。那些扣子大小不一，多是圆形，大多黑白两色，偶尔也有不同颜色的散落其中。这许多的扣子，都是从淘汰的旧衣服上拆下收集起来，我们有时在路上拾到，也会放进针线篓里。每日里和伙伴们疯玩儿，常常将衣服上的扣子弄丢。回到家中，母亲便会从篓里拣出一枚，给我缝上。看着母亲的针线在扣眼里穿来插去，并没有想到多年以后，我的心也成了一枚扣子，母亲的爱便是那根线，将我的生命维系在温暖的回忆里。

　　久而久之，我衣服上的扣子，便各不相同，却也没觉得有什么不美，反正别人也都是如此。姐姐的那些花衣服上的扣子，就要比我们男孩子的好看多了，虽然也是普通的形状，却是五颜六色。这很是让我羡慕，却也知道那些美丽的扣子是女孩子的专利，所以也只能那么羡慕着。有一次，姐姐新衣服上的五枚漂亮扣子丢了一枚，很难过，于是母亲便找来一枚红色的扣子钉上，虽然和其他扣子不搭配，却也很好看，姐姐也很高兴。

有一次家里的一块窗玻璃被我用石块击中，出现了许多条裂痕，母亲找来两枚扣子，在那些裂纹的中心处，里外各放一枚扣子，然后用线穿过玻璃将两枚扣子缝在一起，这样便将整块玻璃都固定住。现在我仍记得那两枚扣子，都是蓝色的，镶在我家的玻璃上许多年。天气晴好的日子，阳光照在玻璃上，每一条裂纹都闪着七彩的光，从中间的扣子处开始四散辐射开去，像极了一朵美丽的花。

当岁月如流水般消逝，童年中的那些扣子，如那片无瑕夜空中的星星，闪烁着无尽的眷恋。更像一朵朵朴素的花，开在洁白的时光里，馨香漫透光阴的河，仍时时给我以感动。童年中的那些扣子，已不知失落于何时何处，一如那些快乐无忧的日子。那些简单的扣子早已被取代，只是心中的温暖却永远如昨日。

前年的时候，姐姐买了件衣服，很古朴的样式，难得的是上面居然有扣子。虽然那扣子很是精美，却依然让我看到了童年的身影。只是没穿几次，扣子便丢了一枚，同样的扣子无处去配，更不能像小时候般随便钉上一枚，姐姐虽然很喜欢这件衣服，却也只好将之收藏。有一天，她和母亲说起此事，母亲却笑着说："这有什么难的，把所有的扣子全换成一样的不就行了！"我们听了都觉得眼前一亮，姐姐更是迅速地买来一些更漂亮的扣子，把衣服上原来的扣子都更换掉。忽然想到，我们常常因为微小的失落而放弃一整件事，也常常因为放弃了一件事而使生活变得黯淡，想想母亲的话，便明白，有时更换一下角度，才会让生命焕然一新。

可我知道，母亲并不知道这些大道理，虽然她和扣子打了半生的交道，却也只是缝缝补补间的智慧。可正是因为这些朴素的道理，点亮了我生命中不曾触及的美好。于是，再回想起童年的扣子，便仿佛嗅到了那朵朵小花上散发出的新的芬芳。

白胡子

　　推开门，年轻的夏天扑面而来，我走过院子的过道，旁边的菜园里传来许多蔬菜的低语。午后的阳光漾满了门前的土沟，村庄安静得可以听到一缕风撞击一片树叶的声音。土路上的尘埃慵懒地沉默，牛羊留下的蹄痕也热得变了形状。

　　我站在静止的尘埃里，茫然四顾，除了不肯午睡的风和燕子，看不到一个小伙伴。正想着去村西的河边看看，忽然前院里的那个老大爷就出来了。我挺喜欢看他，他走路很悠闲，不管是冬天还是夏天，都那么不紧不慢。其实我是喜欢看他的胡子，比手指都长，又白又直，干干净净的感觉。此刻，他慢悠悠地走着，下巴上的白胡子在若有若无的风里微微起伏，阳光也在上面跳跃。

　　白胡子老大爷走一步，便往嘴里扔一个什么东西，然后再吐出来。我看得好奇，已不在意蜂蝶的偶尔路过，目光随着那一把白胡子前前后后地转。忽然，老大爷停下来，冲我招手，我跑过去，踏乱一地凝固的尘埃和阳光。老大爷张开右手，在他土褐色的掌心上，几枚红红圆圆的东西，在阳光下仿佛是透明的一般。

樱桃！当时村里有樱桃树的没几家，前院人家就有一棵，到了成熟的时候，他家的孩子走路都和别人不一样。老大爷把那些樱桃放进我的手里，那份温润圆滑在轻触之下，立刻在心底荡漾出甜蜜的波纹。我对着他的白胡子笑了一下，便往家里飞奔。一路惊醒了那些虫儿，惊醒了假寐的风，惊醒了院子里的精灵们。

我和姐姐们把那十几颗樱桃把玩够了，才分食掉，而剩下的樱桃核，我们把它们种在菜园里，并浇了水。然后日复一日地盼着，可始终没有绿芽破土而出。

后来姥爷知道了这件事，很不高兴，并说我们不应该吃别人家的东西。说这话的时候，姥爷狠狠磕着烟斗，磕得火星四溅。姥爷也有一把白胡子，却是那种山羊胡，不很长，下面汇成一个尖儿。他生气说话的时候，白胡子便一撅一撅地，像是把那些出口的话接住再抛出来。

每天的黄昏时分，夕阳已经把门窗映照得通红，牛羊归来的蹄音敲响着将暮的大地，家家户户的炊烟醉倒在长长的风里，然后依次消散。这个时候，村中间的井台边就热闹起来，那里有一棵很古老的树，村里的许多白胡子老头便坐在那儿，他们一只手拿着长长的烟袋，或者弯弯的烟斗，或者粗粗的卷烟，另一只手拿着破旧的蒲扇，或者一个阔大的向日葵叶子。他们吸着烟也吸着傍晚清凉的空气，他们扇着风也扇着飞来飞去的蚊子。

我们一群小孩子围着井不停地追逐打闹，常引来大人们的训斥和警告。我有时候会悄悄伸头向井里望去，幽深无比，像是一张大嘴，不停地向外喷吐着黑暗，于是夜幕便垂了下来。我们便也都安静下来，围拢在树下，一个苍老的声音挟带着古老的情节在夜里弥漫开来。那是一个我们喜欢的白胡子老头，他的胡子里真的长满了故事，每一个晴朗的夏夜，都从他不重复的故事开始。或者评书演义，或者乡野传说，或者鬼狐精怪，为我们即将到来的梦准备着素材。

无论大人小孩都听兴很浓，白胡子们手里闪烁着星星，我有时候抬头看，浓密的枝叶间也缀满了星星。每一缕从叶片上滑落的风，都会使人们更惬意一些。姥爷和前院的白胡子老大爷也都在，他们离得很远，互相从不看上一眼，都是低头抽烟，扇蚊子，听故事，联结在他们之间的，只有夜与故事。渐渐地，故事结束了，人们三三两两地离去，井边树下，只剩下寂寞的星光。

姥爷与前院的白胡子老大爷不和，如果走在路上，看到对方，必有一方会绕开。如果不得不狭路相逢，也都高扬着头，两把白胡子快要翘到天上去。不过我们两家的大人和孩子都是很要好的，谁家做了什么好吃的，都要给另一家送一盘去。姥爷喝酒的时候，如果看到好菜，从不问是谁送来的，好像已经忘了当初他教训我，不该吃别人家的樱桃。

那个冬天，雪大雪深。有一天，姥爷上午带着冰镩子去野外凿冰捕鱼，一直到下午也没有回来。亲戚们和左邻右舍便全副武装出去找，大家行走在巨大的冬天里，路都被一片洁白覆盖了。半路遇见姥爷扛着已经冻了的鱼回来，我看到他的胡子更白了。看看同行的人，不断呼出的热气遇冷后，都在眉毛发梢凝了霜。大人们短短的黑须也白得醒目，就像是粘贴上去的。冬天让我们都瞬间苍老了。

在村口，竟发现前院老大爷站在那儿张望，我们出现后，他看都没看姥爷一眼，白胡子翘着，转身悠然地往回走，却一下滑倒在地上。直到我被姥爷连踹了两脚之后，才反应过来，止住笑，跑过去把他扶起来。他当时笑得很温暖，暖得他胡子上的霜都化了，于是白胡子就显得瘦了许多。因为他看到，姥爷踹我之后，自己也滑倒在地上。他笑着说，好孩子，明年我还给你摘樱桃吃。

春天来了，开学了。我们回到校园，又看到那个白胡子里长满故事的老爷爷，他正敲响着一棵挂在树上的破钟。一声一声，把我们赶进教室上课。经过了一整个冬天，我们想念那些被故事萦绕的夏夜，不知在这几个月里，他的胡子里又生长出多少新的传说。下课的时候，我们围着他，他却不耐烦地把我们轰走。可我们就像驱不散的麻雀，去而复来，直到他拿起小铁锤去敲钟，我们才飞回各自的教室。

会讲故事的他，终身一人，住在学校里，他和姥爷一直非常好。后来，他和前院的白胡子老大爷也非常好，那是在前院的老大娘去世之后。隐约听大人们说起，他年轻的时候，曾经和本村的一个姑娘很要好，只是后来因为种种原因，终是没能在一起，而那个姑娘，后来就成了我家前院的老大娘。据说他的一生也很传奇，曾经去过很多地方，也看过很多书，他自己，就是一个故事。

天渐渐地暖了，井台边的那棵老树，又开始摇风送绿。老井吐出凉气的黄昏和夜晚，白胡子们的烟袋又开始点亮满天星光。故事老爷爷在大家东拉西扯家长里短的闲嗑过后，他的故事便随着夜色喷涌了。我们就全被他奇异的声音湮没了，心儿就随着他的语音而沉浮跳跃。

可是夏天还未深浓，那些故事就全都讲到了结局。故事老爷爷是在一个夜里无声无息地离去的，第二天早晨校园里没有响起熟悉的敲钟声，人们才发现，他没有醒来。故事老爷爷，带着他许多讲完或者没有讲过的故事，投入了大地的怀抱。

那一天微雨，姥爷和前院白胡子老大爷都去给故事老爷爷送行，两个人依然隔得老远，都是脸色悲戚。最后别人都散了，回去了，他俩留到最后，我回头远远地望见，他们依然离得很远，站在那儿，似乎也对视了一眼，然后才一前一后地向村里走回。还是一句话没有，在他们中间，只有细细的雨丝，正静静地飘落。

没有了故事老爷爷的夏日井畔，星月依然，蛙鸣依然，蚊子的轻吟依然，明灭的烟袋也依然。只是少了那个充满温度的声音，大人们，老人们，虽然嘈嘈杂杂地说着话，对于我们小孩子来说，却有着一种无法弥补的缺失。感觉星星都落进了井里，从此，我们的梦中，再也遇不见那些离奇的情节。

我渐渐地发现，姥爷的态度有了微妙的改变，不再一听我们提起前院白胡子老大爷，就气得翘起胡子，有时候他的目光捕捉到前院白胡子老大爷的身影，竟会缠绕着跟出很远，直到那个身影远得拉断了他的目光，他才若有所思地坐下来，不停地吸着烟斗。村里人都知道这两把白胡子不和，甚至有仇，却谁也不知道为什么，就是两家的子孙后代也不清楚，更不敢问。只知道他们很多年以前是很好的，还有故事老爷爷，他们三个曾一起去外地干活。

秋天的时候，前院白胡子老大爷好几天没有从院子里走出来，我们就去他家里，看到他正躺在炕上抽烟袋，我们知道他病了。

回家说起的时候，姥爷在一旁偷偷地听着，然后就似乎是听得不耐烦，抓起烟斗走出门，在大门前来回转悠。有一天我正在前院玩儿，白胡子老大爷依然躺在炕上，很瘦，盯着棚顶上糊着的旧报纸发呆。忽然我看到他把目光投向窗外，然后那目光就温暖起来，就生动起来，他的嘴角牵扯起一丝笑意。我也向窗外看去，只看到姥爷的一个背影，正匆匆地逃离。

深秋的时候，前院白胡子老大爷去世了。大地上的草已经黄了，被西边来的风撞得摇摇晃晃。姥爷的脚步也被那些草绊得跌跌撞撞，他不知道多少次来到野甸深处，那里沉睡着他的两个白胡子伙伴。他总是坐在那里，面对着土丘荒草，不停地抽着烟斗，没有只言片语，只有偶尔的叹息重重地落在大地上。直到腰间烟口袋里的烟叶已经光了，他才站起身，头也不回地往回走，踩着一地的暮色。

前院白胡子老大爷出殡的那天，姥爷就走在最前面，天上没有雨丝飘落，掩饰不住他满脸的泪。那些泪水爬过他沟沟坎坎的脸庞，挂在白胡子上，然后随着迈出的每一步而坠落下来。

那个深秋的下午，姥爷坐在村西的高冈上，从此，这个村子里的老人只剩下了他，我孤独的姥爷，他的白胡子在风里微微地颤动，像是一种怀念，像是一种等待。

第五辑
一树樱桃绿映红

在红绿之间，每一缕风都缠绕着我的眷恋与回忆，让我在遥远之处，在每一个四季轮回间，都能于小小的窗前，感受到故土的气息。心儿便漫流成河，成海，任幸福将我围绕。

影暖留痕

　　有些影子，在心上留下痕迹，就像一朵永不熄灭的火，永远散发着温暖的感动。

　　在我还是少年的时候，有一个场景让我一直记着。村里有个男人，在农田里干活休息的时候，他都会站在母亲的身后，挡着太阳。那时他们一家子都要下田里干活，原始的耕作，繁重的农务，只要能干的，都要去干。母亲坐在地头，没有树荫，他便站成一棵树，影子覆盖在母亲的白发上。有太阳的每一天都是如此，他就站在母亲身后，用草帽给母亲扇着风，母亲坐在那里，白发在轻轻摇曳。

　　那样朴素的年代，那样朴实的情感，太阳在上，他并不高大的影子却凝重如山，也在我的心里刻下了不灭的印痕。

　　初中时已经搬到了县城，班上有个女生，很沉默，极少与别人交往。即使每天下晚自习，天已经那么黑，她也是独来独往，并不像我们成群结队或者有家长接送。过了一年多的时间，她就忽然转变了，开始融入我们，开始笑，开始让青春和友谊同行。她从不说改变的缘由，直到多年以后，我们早已天各一方，才在她的博客中看到答案。她从小就失去了母亲，和父亲相依为命。而父亲对她极为严厉，早早地锻炼着她自立的能力。她起初不解，抱怨，甚至仇恨，极为羡慕那些放学就有家长来接的同学。有时候，她会想，父亲即使不能来接自己，要是在日常生活中多给自己些安慰，她也不会如此耿耿于怀。

事情发生在一个雪还未融尽的初春之夜，下了晚自习的她急匆匆往家走，天上的月照着地上的雪，并没有黑暗的笼罩，可是她的心里还是充满恐惧。而且她能听到身后不远处传来轻微的脚步声，几次回头都没有人影。转过一个巷角，她再次回头，却见在月光的斜斜照射之下，一个影子从转角外面投射到这边的地上。看着挂着拐杖的影子，她的泪水喷涌而出。她写道："父亲温暖的影子，一下子就融化了我心里所有的坚冰。"

并不是所有的影子都是阴暗的，有时候更是我们心上的棉衣，呵护着一颗心的温度。并不是所有的影子都是虚幻的，有时候却是我们最真实的留恋，给了我们勇气和力量。

高中的时候，关注班上一个女生，纯澈的岁月里，那种心情也是悄悄地盛开。她坐在我的侧后方，有时候总想转头去看她，只要看上一眼，便能静下心来听讲学习。我的文具盒盖的里面，有一面小小的圆镜，我把文具盒半开，调整角度，便能看到她的一个侧影。不知多少个日子，就是在那个侧影的陪伴下度过。那面小小的镜子，仿佛我青春里的一扇窗口，让我看见一个美好的影子，给我鼓舞。

直到高考结束，我也没有同那个女生说上一句话。许多时光流走，甚至已经淡忘了那个女生的容颜与名字，却依然清晰地记得那个镜中的侧影，给我的青春岁月里太多的安慰与憧憬。

上了大学以后，由于种种原因，有一段时间心情很不平静。那时候，我便会拿上一本从图书馆借来的书，坐在宿舍后面的台阶上看。多是黄昏时分，看几页书，便抬头来看对面不远处那棵树，枝叶摇摇，有时夕阳会把它的影子送到我的脚下。于是心儿也跟着轻轻颤动，书中的情节仿佛氤氲开来，一时宠辱皆忘。就这样形成了习惯，只要不是十分寒冷的时候，我都会在傍晚坐在那台阶上看书。间或看着那棵树的影子渐渐地变长变淡，就像它的花儿谢落，满树叶片青青。在那样的时候，它的影子伴着我，仿佛时光里的涟漪，直入心灵的感动。

依然记得那树影，已成为我大学生活最难忘的情景之一。多年以后，忽然在我们学校的网站论坛上，看到一些校友回忆过去的校园生活。有个人在问，你们记得吗？在二舍的后面，每天的傍晚，台阶上总会坐着个男生在看书，几乎每天都是如此。下面许多人回答，都说有这回事。一个女生说，当然记得，我每天都要看那个身影很久，就像一个温暖的剪影，给了我太多的感动，许多年来一直不曾忘掉。

心里奔流着温暖的河，原来，在岁月中，我也曾成为温暖别人眼睛的影子。那份暖多年后重回我的心底，让我的生命在这苍凉的世事中，永远保持着春天的温度。

换　暖

　　腊月的风如杀猪般在窗外号叫着，叫醒了炕上的老两口。老李头蜷在暖暖的被窝里不想动，老李太太却一边穿衣服一边隔被踹了老李头一脚："快点儿，车就要开过来了！"

　　老李头嘟囔着："去那么早干啥？也没人抢你的！"

　　老李太太白了他一眼，说："老人说过，多受点苦，后辈儿就多享点福，咱们多冻一会儿，孩子就能多暖和一会儿，说一百遍你也记不住！"

　　两人收拾停当，各夹着一个旧丝袋，手里都拿着笤帚和撮子，老李头手里则多了一杆点着了的烟袋。一推门，大雪就像扯碎了的棉花套子从天上掉下来，两人呼着团团的白气，挟裹着一身的雪花向不远处的土路上走去。

　　他们就站在路边，天已经放亮，浓密的雪花遮住了向远处看的目光。老李头狠吸了一口烟，说："我说出来早了吧？"

　　"能冻死你？"老李太太说，"这么冷咋没把你的烟冻灭呢？"

烟袋锅里的烟叶在风雪中固执地燃烧着。这时，几声汽车喇叭声穿透呼啸的北风传了过来。两人立刻后退了几步，引颈张望。一辆大卡车从东边远远地开过来，像一团移动的影子。车速慢了一些，可能是因为土路不平整，加之雪厚，车时快时慢地颠簸着从他们身边驶过。

这是一辆装满了煤的军用卡车，随着颠簸，许多煤块纷纷滚落下来。两人看着车跑远，就像融进大雪里没了影儿，才沿路去扫拾那些煤块儿。

当天大亮起来，村里的狗叫声此起彼伏地传来，两人已经各自背着一丝袋的煤会合在刚才的等车处。老李头的烟袋像枪一样别在腰上，老李太太脸上全是笑意："今儿比每天都多，看来这场雪下得真好！"

来时的脚印已经被雪填平，两人深一脚浅一脚地回到自家的院子。院子西侧有一个小小的仓房，老李头一脚把门踹开，把一袋煤哗啦一声倒进去，然后接过老伴儿的那一袋也倒了进去。老李太太伸头往仓房里看了看，里面已经堆了不小的一堆煤，于是脸上的笑就更灿烂了。

从房后抱了一捆柴火，老李头进屋后开始烧炕点炉子。老李太太兀自一脸的笑，问："你说，再捡上半个多月的煤，等儿子放假回来，够不够烧一个月的炉子？"

老李头低哼一声："就你能惯着他！从小就在这屋里长这么大，也没冻坏，就你咸吃萝卜淡操心！"

老李太太却说："那不一样，儿子上大学，住的是楼房，屋里热乎着呢！这都习惯了，冷不丁回家，肯定受不了！再说儿子这是第一年去上学，放假回来，咱们家咋地也得热热乎乎的！你这死老头子是不是没长心？咱们也就起早出去那么一会儿，又冻不死，让儿子好好在家过个年能怎么的？"

老李头低下头，偷偷地笑了一下，继续烟熏火燎地往灶坑里塞柴火。不一会儿，炉子也点着了，炕也暖了，两人盘腿坐在炕上吃早饭，屋里渐渐地暖和起来。

外面依然是风吹雪舞。就在刚才的那条路上，在军用卡车里，两个年轻的小战士正在闲聊。旁边坐着的战士问开车的战士："怎么每次经过这个屯子，你的车开得都不那么稳当了？"

开车的战士说："你没看到天天都有两个老人站在路边等着吗？他们就是想捡些咱们车上掉的煤，我开得不稳当，就能多颠下一些煤去！我想起了自己的爸妈，他们也在农村，很不容易啊！咱们掉那点煤不算什么，对他们来说可能就是一天的暖和，用那点煤换来两个老人的暖和，我觉得挺好！"

两个人沉默下来，心里却都充盈着一股暖意，便忽然觉得，用那一点煤换来这种心里的温暖，真好！

缝纫机走过童年

脚踏缝纫机在那个年代绝对是高贵之物，就连条件好的人家结婚的四大件里，都包括它。四大件是指"三转一响"，分别是收音机、自行车、缝纫机和手表。在我的童年，收音机、自行车和手表，还是很常见的，而缝纫机相对来说，拥有的人家就很少。

从记事起，我就觉得家里的那台缝纫机很是神奇，那针头处不停地伸缩，竟能缝制衣物。每当母亲使用缝纫机时，我和姐姐们就会围在周围，时不时地伸出一只脚，同母亲一起去踩那脚踏板。而右侧那个小手轮，母亲经常在停顿之后，用手轻拨一下，并能用它掌握速度和进度。整个机身像一匹马的形状，所以在乡下，许多人叫缝纫机为"马神"，长大后觉得，可能是从英文的音译而来。

我们的新衣服，都是在缝纫机下流淌出来的。总是凝神于母亲劳动时，看那一根长线游走于布料之间，结合出我们盼望着的美丽。那些美丽的窗帘、枕套和衣服，都是开在我们眼中的幸福。

多少个夜里，缝纫机的嗒嗒声随着烛光轻轻地撞击着四壁，也撞进我安稳的睡梦里，梦里都是一片宁静祥和。

缝纫机不用的时候，机身可以放到台面之下，于是就成了一个很平整的平面，就像是课桌一样。所以，我和姐姐们总是因为争抢这个课桌而吵架。在缝纫机台面上写作业，可以把两脚放在踏板上，蹬着绕空圈了。其实不为了写作业，就是为了满足好奇心，为了玩儿。

有时候，左邻右舍的人也会拿着布料或衣服让母亲帮忙，母亲都是痛快地答应，在缝纫机欢快的节奏里，邻人的笑容也放开到了极致。我家的缝纫机，不仅给我们自己家，也给更多的人带来了方便和快乐。

母亲很爱护这台缝纫机，给它缝制了很精美的布套，下面还有一个小小的棉垫。每次用完，母亲都擦拭得干干净净，机身和台面都是亮得可以照见人影。也经常给一些地方上润滑油，所以用了好几年，还像新的一样。

缝纫机对我们小孩子的诱惑是极大的，母亲严厉要求我们不准碰触。其实，我们也知道小孩子玩缝纫机有危险，可是越是不让碰，心里就越惦记着。有一次父母去田里干活，我和两个姐姐就互相壮着胆儿，准备实践一下缝纫机。我们也很熟练地把机身从台面下翻上来，并固定住，大姐在针头上穿上线，又找来一块破布。于是，我们轮流上去操作，不过我们很小心，手离针头远远的，不敢像母亲离得那样近，生怕扎到手。直到那块破布被我们弄得满是线痕，才赶紧收拾起来，把缝纫机恢复原状。并一再互相叮嘱不能外传，才去玩别的。父母回来并没有发现异样，我们也就放下心来。

我们村里，确实有人家的孩子摆弄缝纫机时，被针头将手指穿透。我们去看时，都吓得够呛，对缝纫机也有了一种恐惧感。直到姐姐们在母亲的允许下，也能像模像样地在缝纫机上缝制一些东西时，我才淡去了那份恐惧，不过也失去了继续操作下去的乐趣。

缝纫机就这样走过了我的童年，走过我一生中最快乐的时光，也走过了母亲最美的年华。可是，我们却永远也走不出母亲的温暖，一如当年母亲用缝纫机为我们缝制的衣服。再也听不到那嗒嗒声，那声音只能在回忆里，在梦里，依依响起，唤醒所有的幸福与欢乐。

最后的游戏

一个初夏的午后，阳光暖暖，她把一些箱子从角落里拽出来，准备整理一下。箱子里多是一些陈年旧物，大部分都是父亲留下来的。父亲去世三年来，这些东西便一直沉默在那里。

睹物思人，想起父亲的种种，她的心便被回忆淹没。父亲一直像个孩子，喜欢一些稀奇古怪的游戏。而她从小就喜欢和父亲一起做那些游戏，乐此不疲。拿着一本父亲的日记，她一时想得痴了。日记本从手里落在地上，她去捡时，发现有一张折叠的纸从日记里掉了出来。

她打开纸，上面是一些杂乱无章的字母和数字，是父亲的笔体。起初她以为是什么密码，可是又太长了，而且是一组一组的。她好奇心大起，想着父亲这张纸里肯定隐藏着什么秘密。她试着破译那些字母和数字，以前她和父亲做过类似的游戏，把数字和字母按一定规律组合。可是她试了好几种以前的方法，都是茫然无所得。又试着找寻规律，可是依然没有头绪。

面对难题，反而激起了她的好胜心。她想着，这会不会是父亲在很隐晦地表达些什么，或者是父亲想念曾经的旧情人，也留下了什么"老来多健忘，唯不忘相思"之类的情话。于是她也忘了收拾东西，坐在箱子上，拿着纸笔不停地破解。

她记起十三岁那年暑假，生日前几天，父亲递给她一张纸，说看明白了，就会得到礼物。纸上也是一些很古怪的图形和字母数字，她研究了两天，才明白了大概，又用了一天的时间破解，最后终于在小区假山后面的隐秘处，找到一个小小的严严实实的包裹。拆开来，里面是她向往已久的书，绘图版的《千家诗》《宋词三百首》《声律启蒙》《笠翁对韵》。那个时候，她非常喜欢看书，而且对诗词产生了浓厚的兴趣。可是自从父亲去世以后，加上工作繁忙，便很少看书了。

忽然就很怀念那些看书的时光。家里别的东西不多，但书却是好几大书柜，那都是父亲的宝贝。想念那样的时光，和父亲坐在书房里，各捧一本书静静地看，偶尔互考几句，阳光柔柔，岁月静静。想到书，她的脑中灵光一闪：纸上的字母，是不是某本书名的开头字母？而那些数字，又会不会是代表那本书中的某页某行某个字？这样一想，便觉得完全有可能，拿着纸便跑进了书房。

纸上的第一组，字母是 S 和 J，她很快从书柜里找到了《诗经》。字母后面的数字分别是 35、5、11，她翻到三十五页，找到第五行的第十一个字，是"弃"。她赶紧记了下来，一看父亲留的纸上，这样的组合还有十六个，胜利在望，她备受鼓舞。

用了快一个小时，她才把十七个字都找全，分别是"弃、读、续、不、了、哈、戏、唯、继、书、要、玩、就、哈、书、游、可"。

这对于她来说更简单，也是以前和父亲经常玩儿的，很快，她就把这十七个字组合成了一句话："唯书不可弃，玩了游戏，就要继续读书，哈哈！"

她仿佛看到了父亲大笑的样子，便也哈哈地笑，就像父亲就在眼前，她一边笑一边说着："这个老顽童！"笑着笑着，眼泪就淌满了脸。

她知道父亲用最后的这个游戏，寄托了一种希望，希望她继续读书。她和父亲以前玩游戏时有过约定，就是玩了游戏，就要遵守最后的结果。她了解父亲的风格，父亲煞费苦心地设计了这个游戏，这十七本书，便是想让她好好阅读的书目吧。

那个午后，她坐在那里，时隔三年多，又和父亲玩了最后的一个游戏。她想着父亲翻阅着那些书找所需要的字，想着父亲怎样把那些字母和数字写在纸上，而女儿不知要多久以后才能看到。幸好，幸好，她念着，心里满是幸福和眷恋，她轻轻地说："唯书不可弃。爸爸，我会和以前一样看书……"

阳光透窗而入，一份久违的温暖，她忽然便觉得，那些时光从来就未曾走远。

抬头见喜

农历新年将至的时候，北方冰封雪盖的大地上已显现出年的气息了。串串晶莹的树挂，在阳光下闪着亮亮的光晕。仿佛又回到了三十年前的那个村庄，门前堆着矮墩墩的雪人，整个庭院就如童话中的世界。

那就是我的故乡，我的家，低矮的草房，屋檐下有最爱的亲人，温暖将严寒摒弃于门外。腊月二十九，我们小孩的心情最为激动，等着盼着的大年就要来了！那一夜基本是睡不好的，反反复复一直到黎明，便早早地起来，和姐姐们跑出屋去，打扫院子里的积雪，敞开大门，天还一片昏黑，每家的院子里都有了响动。

当第一缕晨光来临，我们就会接到第一个任务，贴对联。春联是早就求人写好了的，妈妈刷上糨糊，我和姐姐们拿着对联满屋满院子地跑。待得天光大亮，整个村庄一下子变了样，年的气氛全出来了。

那时我还没上学，也逐家门前去看那些对联，很多字都不认识，只是觉得很激动。现在想来，那是一种对团圆的感动，也是对成长的渴盼。

屋子里也贴了许多福字和挂钱。坐在热炕头上，对面墙的最高处，竖贴着四个字：抬头见喜。记得更小的时候，蜷在炕上我就常看到那四个字，当时一个字也不认得。奶奶便一遍遍地告诉我："最下面的那个字念喜。"于是牢牢记住，一有人来拜年，就会指着高处说："看，喜，喜！"人们便笑着说："孩子都知道喜了，抬头就能看见！"家里人便乐得合不拢嘴，现在也明白了当初奶奶只教我认一个"喜"字的原因。

记得刚认识"喜"字的时候，和姐姐们去别人家拜年，在人家屋里四处乱看，一抬头，便看见了那幅"抬头见喜"，于是兴奋地大喊："我看见喜了，我看见喜了！"主人便欣喜异常，这种彩头由一个小孩说出来，那更是让人高兴。我也因此多得了许多糖果和压岁钱，大家都说我的嘴甜。

有一次在舅舅家拜年，由于人多好吃的多，便忘了去看他家有没有"抬头见喜"。直到出门时，刚走出屋，猛然看见对面的院墙上也贴着四个字，前面都不认得，忽地看到第四个字，便大喊："啊，有喜了，我看到喜了！在那儿！"众人一愣，顺我手指看去，都笑，舅妈更是一把抱起我，在我脸上狠亲了两下。后来才知，那四个字是"出门见喜"。

这些情景常常如轻烟般在心底掠过，留下无言的感动。心沉醉于岁月深处，无论是"抬头见喜"还是"出门见喜"，写着的是美好的心愿，看见的是朴素的祝福。

去年回老家过年，母亲领着我的两个女儿，指着墙的顶部，说：

"看见了吗？那四个字，最下面的念喜！"

那一刻，仿佛时光重叠，于喜庆幸福之中，更增添了一份深深的感动。

温暖的尘土

那一年，他从北京去一个偏远的山区支教，时间为一年。在那个破旧的学校里，他成了四年级的班主任。他讲课生动，很能抓住学生的心，而且在课余他还时常给学生们讲山外的故事，这让孩子们的眼睛里全闪烁着渴望和梦想。于是他提出了一个奖励办法，这次期末考试成绩最好的同学，他会在暑假时带去北京，去看长城、故宫、天安门。

这个承诺在学生中引起了极大的震动，一时之间学生们的学习热情高涨，对于最远只去过县城的山里孩子，这份诱惑之大是不可估量的。期末考试终于结束了，学生们都不走，等着老师快快地批卷，想知道到底谁是那个幸运的同学。他也是二话没说，立刻开始批卷，而窗外，是一群孩子焦急兴奋的脸。

终于，试卷批完了，一个叫林虎的男生两门功课都是一百分，夺得了第一名。消息一宣布，立刻引起了轰动，林虎竟然哭了，在簇拥着他的同学们中间。他告诉林虎，回去准备一下，三天后就和他一起去北京。消息传遍了小村，林虎家竟是像过年一样热闹起来，去北京，可是一件了不得的大事。

三天后，他带着林虎出山，全班二十多名学生都来相送，还有许多乡亲，已经许多年不曾有过这样的场景了。他发现林虎穿了一套没有补丁的衣服，一双很大的不露脚趾的鞋，最奇怪的，是林虎背后背了一个大大的旅行袋，这个旅行袋他只在村长家里见过。告别了送行的人群，他们终于走向山外。

经过几天的火车汽车，终于到了首都。林虎一点儿也没觉得疲累，眼中一直闪着兴奋的光，一路上他不停地指着车窗外向老师问这问那。回到北京的家里，他把林虎安顿好，休息了一天后，问林虎想先去看哪里，林虎毫不犹豫地说："我想去长城！"于是出发，让他奇怪的是，林虎仍然背着那个旅行袋，他虽然一再告诉林虎可以放在家里不用背着，可林虎却坚持背着，便也就随他了。

让他更为吃惊的是，林虎的体力出奇地好，那么长的石阶，背着那么大个旅行袋，竟然就轻松爬上去了。到了长城上，林虎竟然呆住了，良久，他才奔跑起来。最后，林虎放下旅行袋，打开，他一看愣住了，里面竟然是许多双各种各样的鞋子！林虎脱下自己的鞋，换上另一双，又一次在长城上奔跑起来。直到那些鞋都穿了一遍，林虎已经累得坐在地上起不来了。

林虎告诉他，这些鞋子都是班上同学让他带的，虽然他们来不了北京，可他们希望自己的鞋子能踏上长城，踏上天安门广场。林虎还说，这些鞋都是同学们家里最好的鞋了！接下来，无论是去天安门，还是故宫，林虎都背着那些鞋子，一直重复着在长城上的做法，让每一双鞋子都能踩在那些著名的土地上。

回到那个山村，又一次轰动开始，林虎把鞋子分发给同学们，然后讲北京，讲长城，讲天安门广场，同学们都听得如醉如痴，就像亲眼看到一样。然后，同学们都脱下自己的鞋，小心地换上那些去过北京的鞋，站在纸上，再脱下，小心地收起。从那以后，这些学生学习更努力了，也许，他们的心中已经埋下了梦想的种子。

许多年以后，他依然会回想起那个小山村，想起那个叫林虎的孩子，想起许多的面孔。有一天，他收到一封邮件，竟是林虎发来的，信中说："老师，当初咱们班的学生都已经走出大山了，在不同的城市工作生活，可我们无论走得多远，都珍藏着当初的那双鞋，因为那些鞋上，有着北京的尘土……"

一树樱桃绿映红

樱桃是我心里的点点星光，樱桃树便是生命中永不消散的一抹眷恋。那时邻家的菜园里，生长着一棵樱桃树，每当粉红的花儿绽满枝头，邻家小妹妹的笑脸里便漾满了春风的涟漪。那个时候，我就在树下，教她一笔一画地写字。

每一次我放学回来，她都要跑来看我写作业，就那样认真地看着，眼中闪着幽幽的光亮。她出人意料地聪慧，那些字她都学得极快，夸她，她只是浅浅地笑，像风拂过水面。

樱桃树上的花儿落尽，嫩绿的叶片便悄悄地覆盖，就像换了一种心情。两个月后，樱桃便成熟了，起初只是星星点点，仿佛只是一夜之间，便繁密起来，在枝叶间随风隐现，更有许多浮出表面，一簇簇娇红，点亮着每一双凝望的眼。

这个时候，邻家小妹妹便会捧着樱桃送给我。那些珠儿般的红樱桃，就躺在她洁白的掌心，在阳光下，有着直入心灵的美。忽然想起，她曾问我认得多少字，我说许多许多，就像树上的樱桃，数不过来。

从故乡的小村搬走的时候，我才十四岁，是一个夏天，微雨，邻家的樱桃树正是果实成熟的时候，回头看，那些红红绿绿被雨洗得越发清新，而我的心，却被洗得满是濡湿的伤感。邻家小妹妹的眼中也下着雨，她就躲在樱桃树下，看着我坐的车渐行渐远。

一树樱桃绿映红，是我心里离别的背景，还有，树下那个小小的无助的身影。

当辗转的二十多年消散于时光深处，当我们在这个城市里有了自己的房子，当两棵樱桃树摇曳着走进我的眼睛，就像岁月的流水再度漫过心上，尘埃尽去。有一种巨大的亲切感，仿佛故乡的气息，穿透重重的时光，轻轻地落入心底。

隔年的春天，樱桃树开花了，让我惊奇且惊喜的是，这两棵树竟开出白色的花朵。不是记忆中的浅粉，而是一种柔软的白，只有细细的几丝花蕊是粉红色，使得凝望间，在洁白之中闪过不易觉察的粉。

芬芳的洁白，仿佛延续着漫长冬季的回忆。却又是那样温暖，就像走过之后回望间的幸福，就像我在回忆时间的遥远处的故乡，心底泛起的温情。

然后，樱桃就红了。在这异乡，那些鲜红的樱桃点亮了所有的过往。在红绿之间，每一缕风都缠绕着我的眷恋与回忆，让我在遥远之处，在每一个四季轮回间，都能于小小的窗前，感受到故土的气息。心儿便漫流成河，成海，任幸福将我围绕。于是每一年，在那两棵树的四季轮回中，将往事一次次唤醒，重叠着旧时光阴，一树红红的樱桃，都是无数的故梦凝结，幸福甜蜜。

肩上扁担，桶中流年

　　女儿是在绕口令中知道的扁担，念着"扁担长板凳宽"一路成长，只是问起她扁担到底用来做什么，却说得模模糊糊。在我儿时的岁月中，在乡下的生活里，扁担却是家家必备之物。

　　最喜欢在秋天的田野上，看人们忙碌的身影。有些庄稼被打成了粗粗高高的捆，人们就担着它们行走在田垄之上。远远望去，一根扁担的两端，就像载着两座不停跳动的小山。

　　每天的清晨，村中的老井旁便排满了担水的乡亲。占老的辘轳摇起东方一轮红日，倾倒进铁水桶里。那时父亲便担着水回家，两个铁桶里的太阳被颤动的水花搅得支离破碎，一如童年五彩的日子。扁担就在父亲的肩上起伏着，发出一路咯吱的响声，于是所有的日子都灵动起来。

　　最初的时候，家里用的是一根竹扁担，似乎是从一根极粗的竹子上剖解出来，韧性极好，用了多年也不弯曲。后来，外公给我们做了一根榆木扁担，外公是木匠，手工精细，加上上好的榆木，扁担极美观，两端窄中间宽，打磨得光滑无比。就连两端垂下的铁钩，也是银亮亮的。这根新扁担取代了竹扁担，成了父亲每早担水之物。竹扁担并没有被抛弃，它接手了挑水以外的其他活计。

父亲性情耿直，一生没做过什么亏心事。他并不高大，扁担竖起要比他高上一截，有时会想他是怎样将那么重的两桶水一路担了这许多年。也曾坐在父亲的肩上，看着那个小小人间的奇妙。觉得他的肩膀很有力，仿佛可以将整个房子托起。

第一次挑水时，很不得要领，只觉得那扁担压得肩膀生疼，举步维艰。也想使肩上的扁担颤起来，却更是控制不好，使得两个铁桶不安分地乱动，水也洒出许多。两只铁桶是用铁皮打轧而成，家家都用这样的水桶，摇晃起来发出清脆的响声。它们每天奔走在水井和家里的水缸之间，摇荡着四季的风霜雨雪。

父亲告诉我，不管多重，腰要挺直，抬脚时让扁担上扬，可以减轻水桶重量，落步时让扁担自然坠弯，并由此积蓄了再度上扬的力量。当我终于掌握了这种节奏，发现两桶水也并不是那么重，忽闪忽闪之间，便体会到了一种欢畅的感觉。几趟水担下来，肩头就火辣辣地疼。父亲说，担久了就好了。现在想来，当年的那些日子，虽然艰苦沉重，却从未把人们的腰压弯，并努力让生活动起来，拥有一种充满希望的节奏。

那根榆木扁担，中间的部分，由于长年和肩头摩擦，被汗水浸染，颜色变得极深。一如被希望涂亮的日子，总有与众不同的片段。一年一年，时间就在那两只铁桶间流走，许多年过去，想来农村家家都有了自来水，扁担用得也少了吧！旧时的光阴如废弃了的老井，荒草丛生，而记忆如尘封的扁担，依然直直，就像父亲当年的身躯。

那么多的生活之重，并没有让父亲屈服，而岁月，却轻易压弯了他的腰。有一次，女儿又念起"扁担长板凳宽"，父亲听了，眼神飘忽了一下。那些生动的时光已走远，扁担也只能在我们的记忆里一路歌唱。一个夜里，便梦见了遥远的情景，扁担在父亲年轻的肩头颤动，两桶水也欢快地跳跃，揉碎了两轮红红的太阳。

磨出岁月细细长

　　总有一种声音在梦境深处响起，如细细的雨洒落大地，如轻轻的风吹过满树的叶子，那沙沙的响声从遥远处传来，常常让梦里一片温暖。我知道，那是磨石磨刀具的声音，曾经在成长的岁月中无数次响起，却又穿透如此漫长的光阴，落进我的梦里，落进我的心底。

　　那时的磨刀石没有多精美，其实就是从外面捡来的适合磨刀的石头，略微打磨周整就可以了。每一家每一户都有，是生活中必不可少之物。我们更多地叫它磨石，因为它不仅可以用来磨各种刀具，还能磨许多东西。我家的那块磨石就很大，也是长条形，就在院子的仓房旁，挨着仓房门侧的那块大青石。

　　闲暇的时候，家里的大人会在磨石上磨镰刀或者铡刀等常用工具，磨的时候，要不停地在磨石上洒水，是为了降低刀具由于摩擦产生的高温，使刀具不变形。而磨东西最多的，就是姥爷，那块磨石也成了姥爷的最爱。

在晴好的每一天里，在没有活计时，姥爷都会在磨石上细细地磨那些木匠工具。即使那些锛刨斧锯都已经很锋利，也依然磨得亮亮的。通常是在大磨石上先粗粗地磨一会儿，然后姥爷会拿出几块很小的细磨石，再细细地磨。常常是在午后，那沙沙的声音就会响起，那个时候，听着那熟悉的声音，竟会很安心，睡得无比踏实。可是在多年后，在某些酷似从前的午后，在睡梦中，猝然重逢之下，我竟从那美好的旧梦中惊醒。

那块磨石由于长年的使用，表面已经失去了原来的平整，已经向下凹了很深，就像弯月的曲线。已不知姥爷守着它过了多久，也不知石面上的工具已经换了多少茬，那一双粗糙的手与石面的细腻相对比，差距越来越大。姥爷就这样磨走了无数春去秋来，磨得秋霜纷飞染白了发，磨得腰身同石面一起渐弯。而那沙沙的声音也在老宅里响了无数的日子，将时光漾起无数涟漪，虽如今远隔千里，却依然波荡着我的心弦。

有那么一个中午，睡下，却没有听到姥爷磨刀的声音，一时竟是睡意全无。出去看，磨石仍摆放在仓房的门侧，七月的阳光在上面驻足，却不见姥爷的身影。很是担心，怕姥爷受伤。在这块磨石上，他的手不知被割破了多少次，那双满是老茧的手，被那些磨得飞快的刀具轻易地划破。于是满村去寻，却见姥爷正在一户人家，对着一堆木头挥汗如雨。

姥爷把一个刨刃递给我，让我回去帮他磨一下。我很兴奋地跑回家，学着姥爷的样子，在石面上洒上水，便沙沙磨起来。如此近地听着手下发出的声音，有着一种巨大的亲切感。后来从乡下搬进城里，姥爷把磨石也带着，在城市的小院里，他也经常磨他那些再也用不到的木匠工具。声音如故，只是姥爷常常磨着磨着就停下来，身前的磨石亦默然，仿佛被无边的寂寞包围。

后来姥爷去世，又搬了几次家，那块磨石也不知失落在何处。可是那陪伴了我多年的声音，常在记忆深处响起，却从未在梦里出现。那沙沙的响声，就像轻快的脚步，只是一瞬间就跨过了无数时光。

又一个午后，再次于睡梦中听到熟悉的声音，醒来，那声音犹在耳畔。推窗看，小区里来了一个磨菜刀的老人，正在七月的阳光下，在一块磨石上，奋力地推动粗糙的双手。我找出了家里所有的刀具，就蹲在那里看老人磨，听那声音直入心灵，隔着那么遥远的岁月，又有了久违的宁静与安心。

太阳岛上

父亲那时每喝完酒，都会感叹着说："在哈尔滨，最好的地方就是太阳岛了，全国都出名啊！"

那年我八岁，父亲一年中有大半年时间在工程队干活，走过很多地方。当时正流行郑绪岚演唱的《太阳岛上》，歌中唱道："明媚的夏日里天空多么晴朗，美丽的太阳岛多么令人神往，带着垂钓的鱼竿，带着露营的篷帐，我们来到了太阳岛上，小伙子背上六弦琴，姑娘们换好了游泳装……"不知勾起了多少人的向往之心。

于是一次在父亲酒后，我问他："你去过太阳岛吗？你咋知道那是哈尔滨最好的地方？"父亲略低下头说："没去过，不过肯定是能去的！"那年父亲所在的工程队要去哈尔滨修江桥，他兴奋得无以复加，用力地拍着我的肩膀说："小子，这回你爹可真要去太阳岛喽！"

夏天的时候父亲写信回来，说过几天他们要放两天假，正好可以去太阳岛瞅瞅，还说远远地看那里，全是绿色，里边肯定要比歌中唱得还好。于是那以后我日日盼着父亲的信，想听他讲讲太阳岛上的事。可是父亲竟一直没有信来，也不知他去太阳岛没有。

秋天的时候，父亲回来了。我和姐姐都问："你去太阳岛了吗？那上面好吗？"父亲说："当然去了，嘿，真是太好了！"我们就不依不饶地问："那到底好在哪儿呢？"父亲却说不清楚，问他上面可有歌中唱的弹琴的小伙子和穿泳装的姑娘，他说："反正人挺多，干啥的都有！"我们就说："你是不是没去啊，回来骗我们！"父亲急了，说："咋没去？那门票要五块钱一张呢！"说着从口袋里掏出一张纸来，在我们眼前晃了晃："这就是门票！"我们看了一眼，上面果然写着"伍元"的字样，还有一个红红的印章，没等细看，他就收回去了，说："别让你们弄坏了，这可要留做纪念呢！"

自那以后，父亲每次喝酒之后，更是慨叹太阳岛的美，说得我们心中痒痒的，暗暗决定以后一定要亲自去看看。父亲也时常说："等有机会我还要再去看看，这次要看得仔细些！"可是父亲终没有再等到机会，工程队那几年转向大小兴安岭施工，再也不去省城了。后来父亲的一条腿被砸伤，不能再出去干活了，而我们的小村子离哈尔滨又极远，他再去太阳岛的梦想就一直没有实现。

后来，我去哈尔滨上学，到了那儿的第一件事就是去了一趟太阳岛。也许是期望过高，觉得太阳岛没有想象中的美丽迷人，心中便有了失望。可是在给父亲的信中，我还是把太阳岛的风景描绘得天花乱坠。姐姐来省城看我，我们又去了一次太阳岛，并照了许多相片，姐姐说："回去我一定给爸好好讲讲，他现在喝完酒还总念叨呢！这么多年了，他一直都没忘！"我们相视一笑，心中却涌起一种异样的情绪。

那年暑假，我回到家，父亲一见我就用力地拍着我的肩膀，说："小子，爸没骗你吧？那太阳岛是不是很好？"我使劲儿点头。那天我陪父亲喝酒，话题总是不离太阳岛。父亲喝醉了，躺在炕上口中还不住地说着："太阳岛，就是最好的地方！"

我和姐姐默默地看着酣睡的父亲，眼睛都有些发湿。当年我们就曾偷偷地翻出父亲那张太阳岛的门票，其实那是一张随地吐痰的罚款单收据，父亲从没有去过太阳岛。

信

　　李大叔最近很是兴奋，退休这几年来终于新潮了一把，买了电脑上了网。按说这也不算什么新鲜事，只是放在李大叔身上，就是大事了。他烧了一辈子锅炉，没什么大文化，却把儿子供出了大学，如今在广州也混得风生水起的，这让他很是欣慰。

　　李大叔老两口就这么一个儿子，现在离得那么远，难免挂念。儿子李然也很懂事，说再过两年买了房子就把他们接过去。李大叔一听都是连声说不，李大婶知道后也是一个劲儿地摇头，他们可不想离家乡那么远，用李大叔的话来说，就是万一死在别的地方，闭不上眼睛。

　　有一天，李大叔给儿子打电话，问了一番生活工作的事，便说打电话总觉得飘，不如儿子上大学时写来的信看着实在，让儿子抽空给他们写几封信，没事时拿出来看看也是好的。李然却说："爸，现在寄封信到家时间太长了！这样，我给你们买台电脑，上网，然后再给你申请个邮箱，以后我写信发到你邮箱里，很快的。

我写完你就能收到看到!"

于是电脑进了李大叔家,当李大叔棒槌一样的手指放在键盘上时,李大婶在一旁一个劲儿捅他,意思是别把东西砸坏了。本来李然想给他们申请个 QQ 号,这样可以随时聊天,后来考虑到父亲学打字的困难,虽然有语音视频什么的,估计他们也学不会,即使学会了,父亲也会觉得飘,跟电话一样,也就父亲在那儿嚷嚷,便也就算了。

当李大叔拿出烧锅炉的劲儿终于把怎么登录邮箱看邮件学会时,儿子的信便真的来了。那个晚上,老两口趴在电脑前,逐字逐句地看了很长时间。这时,又来了一封新邮件,儿子的第二封信,说,信收到了吧?快吧?以后我就常给你们写信!

自那以后,儿子的信总是接二连三地发过来,每天晚上,老两口都守在电脑前看信,特别是李大婶,看得更是认真。于是李然趁热打铁地教会了父亲看附件的方法,这样他就可以发些照片给他们看了。老两口既能看信又能看到儿子的照片,觉得很是满意,确实是比打电话强多了。只是时间一长,李大叔那种飘的感觉又上来了,总觉得有什么不对劲儿的地方。特别是晚上躺在床上,两人睡不着时,那种感觉尤为强烈。

后来,李大叔就又给儿子打电话,说:"要不,你还是写封信寄回来吧,在电脑上看着有点不一样,也不是你写的字啊。你妈特别想看你写的字!"李然听了父亲的话,想了想,说:"这也容易办到,不过不用寄,你们继续看我发的邮件里的附件!"

晚上的时候,老两口又上了网,打开邮箱,果然有儿子发来的邮件,打开附件里的图片,两人惊奇地发现,竟然真是儿子手写的一封信！看着熟悉的字体，看着那一句句话，李大叔一拍大腿："这才叫信！看着舒服！"李大婶也是笑着点头，然后便收不回目光了。

只是过了一段时间，晚上一关掉电脑，李大叔就觉得有一种失落感，就像儿子的信一下子被撕掉了一样。他想着再和儿子说说，还是把信寄回来，却是被李大婶制止了，李大婶的意思是，儿子在外那么忙，还天天写信寄信的，多麻烦！

这一年春节，李然很难得地回老家陪父母过年。李大叔两口子乐坏了，有一天，他们出去买菜时，李然翻找一些自己以前的东西，结果发现在父母的床下有一个箱子。打开来，竟是以前上学时自己给家里写的信，都被好好地保存着。另外，居然还有厚厚一叠打印纸，翻开一看，他呆住了！那是他手写的信拍成照片后发给父母的邮件！居然都被打印出来了！他很难想象父亲是如何做到的，一定是问了不少人，才最后成功的！

父母回来后，他问了父亲这事，父亲说："主要是你妈晚上睡不着，就想看你的信，只是以前的信看得遍数太多了，又不能总守在电脑前，还怕你往家寄信麻烦。我问了邻居张老师，他帮着我把你的那些信的照片弄出来，再去打印出来。这样，你妈天天晚上都能看你的信了！"

李然闻言心里一暖，又一疼，面对母亲微笑的脸，他有一种想哭的冲动。母亲是聋哑人，她打不了电话，只愿意看儿子的信，在无眠的夜里。

你欠我一个结尾

"我和你说啊，这个故事你绝对没听过，而且肯定猜不到结尾！"

他和她走在乡间的小路上，他故作神秘地吊着她的胃口。他喜欢讲故事，她喜欢听故事，所以在下乡扶贫的这段日子，故事就是流淌在他们之间的一条河，是河上一座美丽的小桥。虽然他们都知道，他们之间并不会有故事，或者说，是不会有结局的故事。

他的故事多是很奇妙的，讲到最后，都要让她猜一下结尾。当她猜了许多次都没有猜对的时候，她有些恼羞成怒，他才慢悠悠地道来，惹得她惊讶，兴奋，回味，然后，逼着他再讲别的好故事。而他也是乐此不疲，于是平淡的日子就在故事的洇染下慢慢地流逝。

在她急得有些要发怒时，他又开始讲了。一对恋人来到很远的一座野山上，只为了领略那种最原始的风景。当他们在山林里徜徉时，忽然听到前方的林中树木被撞击被碰断的声响。

她插话："肯定来了什么凶猛的野兽！是老虎？还是熊？或者野猪？"

　　他却并不说是什么动物，只是一个劲儿地营造着紧张气氛。那对年轻的恋人充满了恐惧，紧张地注视着前方。终于，一个庞然大物蹿出来，站在不远处。他们有着短暂的头脑空白，男人先反应过来，他由于极度害怕，大叫了一声，便撒腿就跑。他紧张之下慌不择路，斜着迎向那个庞然大物飞快地跑过去，看都不看女人一眼。而女人，此刻还在呆滞的状态中没回过神。

　　她再次愤怒地插话："这个男人真是该死！窝囊废！胆小鬼！丢下女人自己跑了！要是我是那个女人，肯定恨死他！对了，那个女人怎么样了？有没有事？"

　　他继续讲。当男人回到原来的地方时，发现那大家伙和女人都不见了。他仔细寻找，终于在身后的陡坡下发现了女人，女人倒是没有被动物伤到，只是摔断了胳膊和肋骨。可能是动物扑过来时，女人慌忙后退，失足掉了下去，却也因此躲过了动物的追杀，真是不幸中的万幸！当女人在医院中清醒过来后，看到男人在身边，眼泪立刻就下来了。

　　讲到这里，他便住了嘴。她怔怔地问："不会这就结尾了吧？不像你的风格啊？刚才还说有着我猜不到的结尾呢！你总是这样，总是把结尾放在明天讲，真是讨厌死了！"

　　他笑着说："这样你才能印象深刻啊！而且给你一晚上的时间去猜，万一猜出来呢？"

　　她笑骂："死样子！谁在意你的破故事！"

　　回到住的那个农房，他们各占据了一间小屋。睡着之前，她还在想着那个故事，想着将会是怎样的一个结尾。就这样不知不觉睡着了，睡梦里自己仿佛变成了那个女人，独自面对着生命的威胁。

忽然就觉得很热，便醒了，看到周围红彤彤一片，浓烟滚滚。失火了！于是梦里的惊慌变成了现实，正在手足无措之际，她看到他冲了进来，拉起她就往外跑。她周身被炙烤得疼痛，冲到门前时，忽然她觉得背后传来巨大的推力，她被推到了门外，下意识地继续往前跑。而身后却传来什么东西坍塌的声音。

她安然无恙。而他出了院后，就从她的生命里消失了。她四处找寻他，在他可能去的每一个城市。回想他们在一起的日子，就像一个没有结尾的故事。两年之后，她终于在一个遥远的地方找到了他。她几乎认不出他来了，当初颇为英俊的小伙子，由于一场火灾，已经面目全非，不，是面目狰狞！

可是在她的眼中心底，他依然是过去的样子。她大声质问："你很不负责任地跑了！你还欠我一个结尾！你想让我想多久，猜多久？"

他很平静地笑，说："我是骗你的，其实结尾很简单，女人在医院里醒过来，看到男人，就气哭了，然后，他们就分手了！"

她盯着他的眼睛看，直到把他看得有些发毛的时候，才说："你骗谁呢？这么长时间，是傻子也能想明白结尾是怎么回事了！肯定那个男人当初并不是想自己逃跑，他那么做，是为了吸引动物去追他，那样，女人就安全了。要不他为啥大喊一声，还迎向动物跑？只是很可惜，那个动物没理他！"

他很惊讶地看着她，说："我发现两年没见，你变聪明了嘛！"

她笑骂："你的意思是我当初很笨呗！敢嘲笑我，罚你每天给我讲一个故事，要是让我猜到结尾，就要你好看！"

　　他们都笑，渐渐地笑出了眼泪。有些故事，虽然结尾了，却并不一定是真正的结局。

山上山下

群岭深处有两座山，每座山上都有一个看林人，他们都很年轻，都想好好干，调回山下。东山看林人小王每天除了照例巡山外，还去山后的空山坡上栽树，勤勤恳恳；西山看林人小李每天也巡山，只是不栽树，小树长大要多少年，他想把力出在这些大树上。

一次两人下山去城里林业局汇报工作，有知情人向他俩透露，要从他们二人中选一个调回局里。小王和小李文化相当、能力相若，得到这个消息后回去都努力做好本职工作，暗地里互相较劲，都想超过对方。可是在山上除了看山护林并没什么可以表现的地方，于是小王更加卖力地栽树，小李也不辞辛劳地统计西山上各种树木的数目和成长情况，以期汇报工作时得到领导赏识。有时两人会在两山的衔接处相遇，客套两句之后，便默默地站上一会儿，然后各自融入自己的那片山林。

又一个春天来了。东山新栽的树显出一片勃勃生机，小王心里高兴极了。东风开始不停地刮，小王便大早地开始防火灾，虽然现在还没到防火期。西山的小李还没把防火列到重要日程上。有几次小王想提醒他，可每次都是话到嘴边又咽下。

没过几天，由于疏于防范，西山着了火，大火吞噬着片片的山林。由于刮的是西风，东山安然无恙。小王暗自庆幸自己的超前意识，心想这次可压过西山小李了。此时小李正率众与山火搏斗，他身先士卒，关键时刻不惜以身体去扑山火，他的精神极大地鼓舞了群众，山火被很快地扑灭，保住了大片山林。

这场大火，使西山四分之一的山林被烧毁。在与大火的搏斗中涌现出了一大批英雄人物。而看林人小李的事迹更为突出，被指定去市里做了重点报告。一时间大报小报纷纷报道，连电视台都来采访小李了。

不久小李便受到上级嘉奖，半个月后，他被调回了市局。由于小王防患于未然，所以东山没有发生山火，也就没有小李那么多感人的事迹，自然依旧留在山上。

五年后，小李步步高升，小王依然在东山看山护林植树，他几年来植的近十万株树已绿遍山坡。一次，小李作为副局长去山上察看林木情况，在两山衔接处与小王不期而遇。

两个人站在那里相对无言，一如当年。

满山的树也一片沉默。

永远的回程票

年少的他离家出走。这是他思量再三，才做出的决定。由于成绩不好，和别人打了一架，回家后又被父母训斥了一顿，他便狠了狠心，揣了一百块钱，离开了家。

从火车上下来，口袋里的钱少了大半。十五岁的他第一次独自出门，面对车水马龙，有一种不期然的恐惧。可是不能回头，他咬了咬牙，走进那一片陌生。买了一个面包一瓶水，填饱了肚子，便又买了张火车票，向下一个城市进发。他觉得还是离家太近，再远些，可能就不想家了。

就这样辗转到了离家千里的一个城市。而他惊恐地发现，钱已用尽，就是想回去，也回不去了。想自己找点活干，可是一个未成年的孩子，未经历过世事，根本找不到活干。在街上走着，终于决定，即使要饭也不回去。

后来，饿得实在不行，就向一个小吃部走去，豁出去了，先吃饱，再面对无钱付账的尴尬。他要了一碗面狼吞虎咽，吃完后，却一下子决心失落，面对服务员的微笑，竟不敢说些什么，只是红了脸不知所措。那个服务员姐姐说："小朋友没钱了吧？没关系，这碗面不收你钱了，早点回家吧！"

意外的情况让他一下子呆住，只是不停地说着"谢谢"。晚上就睡在天桥下，幸好是夏天，没有寒冷之忧。再次饿得不行，决定再去冒险吃霸王餐，他知道，自己不会每次都能遇见好心人。可是也真是出乎意料，竟然真的是每次都遇到好心人，不是小吃部的老板心好，就是邻桌的客人善良。他觉得别人能看出自己是一个离家出走的孩子，要不然他们怎么都会劝自己回家呢？

最后终于决定回家，他站在天桥下大喊着"我要回家可是却没有路费"。等他喊完，回到自己睡觉的地方，竟意外地捡到了二百块钱，这真是让他喜出望外，真是雪中送炭啊！他安心地睡了一觉，准备明天一早就买票回家。第二天，他早早起来，激动地向火车站走去。可是到了售票厅，一摸口袋，那二百元钱竟不翼而飞！

心一下子跌落进深渊里。他欲哭无泪，可是回家的渴望已被点燃，再难熄灭。最后他没办法，只好小声地向来往的人乞求。可是人们根本不理他，在车站，这样的小骗子着实不少。就在他快要绝望的时候，一个阿姨出现在他面前，仔细地询问了他的情况，面对慈祥的阿姨，他像面对母亲般，哭着说了自己的经历。阿姨帮他买了回家的车票，并给他买了许多车上吃的东西，把他送上车，才向他挥手告别。

坐在回去的车上，他想着遇见的那些好心人，心里感动不已，他决定，以后自己遇见需要帮助的人，一定毫不犹豫地伸出温暖的手。到了家，父母竟然瘦了许多，丝毫没有责备的言语和表情，而他，也早已淡忘了当初的那份怨恨。是的，即使只是短短七天的流浪，也让他明白了家的温暖。他开始好好读书，再也不打架，并帮助别人，身边的人都惊讶于他的转变。后来，他无意中听邻居说起，自己离家的那几天，父母也不在家，直到自己回来的前一天，父母才回来。他隐隐约约想到了什么，便去找父母问个明白。

父母并没有隐瞒，告诉他，他走在前面，父母就在后面跟着，他走到哪里，父母就跟到哪里。那些饭馆小吃部的账，其实都是父母先他一步结算的，包括扔在天桥下的二百元钱。最后，父母对他说："别怪爸爸妈妈狠心，如果不让你在外面待够了，你也不会想回来，而且，让你经历一下那些也好。"

他并没有怪父母，而是为了自己的无知冲动而悔恨。最后，他对父母说："给我买车票的那个阿姨也是你们安排的吧？她表演得真是太好了！"父母很奇怪，说："我们不知道啊，给你留下二百元后，我们就连夜坐车先赶回来了！"

他一下子明白，父母并不知道自己丢了钱的事，而那个阿姨是一个真真正正帮助自己的人。他的心里涌起无尽的暖流，他一直保留着那张回程车票，世界上的好心人，还是很多很多的。他知道，有父母的爱，有陌生人的热情帮助，不管自己走出多远，迷失多久，那些暖暖的情，就是他永远的回程票！

冬天炕头的猫

北风和雪花携着手，就把村庄里的人都赶回了屋里，屋里的火炉或火盆散发着热量，温暖着一年的疲惫。老人们坐在滚热的炕头上，衔着长长的烟袋，围着火盆唠着闲嗑儿，开始了猫冬。

猫冬，就是躲藏在冬天里的意思，"猫"在东北的话里就有"藏"的意思。当老人们在炕头上说得火热时，总会有一只猫蜷在腿旁，发出轻微的鼾声。偶尔耳朵或尾巴轻动一下，仿若驱赶着窗玻璃上正在扑落的雪花。猫也是要猫冬的，它们很沉默地猫着，总是昏昏然，躲在冬天深处，躲在炕头的人身后，做着一个无人知晓的梦。

此时的猫，不再伶俐，不再机警，它躺在冬天里，躺在温暖里，火炕的热量给它酝酿着一个安全的美梦。它表情惬意，胡须随呼吸起伏，甚至不再蜷着身子，而是舒适地伸展开，就像拥抱的样子。它就这样拥抱着满屋的欢声笑语，拥抱着一个不再忙碌的季节。

我们这些小孩子是猫不住的。从冰天雪地里嬉闹回来，扑到热炕头上，分外慵懒的猫就延续了我们的游戏心思。可是猫却睡得极深沉，把冰凉的手放在它肚皮上取暖，它也没有反应。它也许睡意正浓，没工夫理会身外之事，即使把它翻来覆去地折腾，它也沉睡如初。甚至抓着它的两条前腿把它提起如荡秋千般，它依然阖目无觉。玩够了，将它扔在那儿，它继续睡。它知道在家里，安全，放心，所以睡得死。

猫也有不睡的时候。它会短暂地随着人们的进出而跑出门去，过了一会儿，再随着进来的人一起进来。它会抖落掉身上的雪，然后跃上炕，卧在它经常待的位置。渐渐地，它身上腾起微微的雾气，它似乎极舒适，半眯着眼睛，看着老人们围坐着说话，看着屋中央火炉中闪闪的亮光。有时它也会蹲在窗台上，透过霜花融尽的窗子，看着雪花一朵朵地扑在玻璃上。

更多的时候，猫即使不睡，也是一副欲睡或刚睡醒的神情。往日里的灵动没有了，每一根毛都放松着，这时把毛线球滚到它眼前，它也懒得看上一眼。就是不知道此刻，一只老鼠活生生地走过它面前，它会不会爪牙毕露。于是我们就对它失去了兴趣，于是它就那样安静地卧着。无论喧闹还是安静，它身前的时光都不会泛起一丝涟漪，它守着自己的沉默。

冬天的猫，大多是安静的。我不知道在寒冷与黑暗交织的时候，它们会是怎样的一种状态，我猜想，它们也不会幽隐或穿行于村落。它们也需要休息，也需要积蓄力量，也需要养养精神，当天暖了，炕头就再也留不住它们了。可是有时候，我更会想念冬天的猫，那个时候，它与我们同在冬天的怀里，离得很近很近，近得许多年过去，我依然能在梦里看见。

二两年光，一壶老酒

太阳已滚落到村西头的树林里，燕子们纷纷飞回檐下的巢中，麻雀们并排站在电线上，披着一身夕阳叽喳地叫。这个时候，饭桌已在炕上摆好，爷爷盘腿端坐，面前烫着一壶酒。

酒壶不大，锡制的，装满了也就二两多酒。而酒盅更小，爷爷却不舍得一口饮尽，细咂慢品，似乎很享受那一刻的时光。长长的风从窗外溜进来，爷爷的白发和盅里的酒都在微微荡漾。鸡犬之声起伏，南园里果蔬的香气轻轻地流淌着，这些更是助长了爷爷的酒兴，于是一壶酒见了底，他依然努力地倒着酒壶，不浪费掉每一滴酒。

仿佛一转眼间，场景就换成了冬季。紧闭的窗外，燕子果蔬都已消失，北风号叫着在村里游荡，大朵大朵的雪花扑在窗玻璃上，一炉红火在地中间旺旺地燃烧。爷爷依然坐在滚热的炕头，身旁是一只慵懒的猫。他心爱的酒壶此时正放在铁炉盖上，壶里的酒便很快热情起来，满屋的酒香。

爷爷喜欢喝酒，有时候馋得像个孩子般。可是家里人看管得严，不让他多喝，只能喝一小壶。好多次，我看他往壶里倒酒，倒得很满，然后飞快地把壶凑到嘴边，扬脖喝进一大口，四处看了看，再从容地重新倒满。有时候发现我在看他，便冲我挤挤眼睛，我便一直守口如瓶。

每一天都很悠然，而每一年都很迅速。一壶酒醉了春夏秋冬，却没能阻挡住它们前行的脚步。从哪一月开始，爷爷再也喝不了酒，从哪一天开始，爷爷再也下不来炕，仿佛日子也要随酒而尽。那些酒香浸润的岁月，已遥远得不可追溯。

爷爷去世了，那把酒壶却依然在时光里流传，传到了父亲的手边。一样的场景，一样的光阴，喝酒的人却换了一茬。父亲也爱喝酒，坐在炕上，窗外的四时情景在他的眼中和酒盅里变换。一口饮下的，是尘世中眷恋着的朴素岁月，还有岁月里许多许多不一样的心情。

一年一年，父亲的白发渐渐多了，喝酒时，父亲的回忆也多了。檐下的燕子依然，南园里的果蔬依然，冬天的风雪依然，苍老着的，只有喝酒的人。父亲也在倒酒的时候偷偷喝一大口，和爷爷当年一模一样，便忽然发现，那么多的光阴都已经消散，那么多的人都已经离散。父亲也知道这些，他的酒里便会融入许多无奈的叹息。

然后，父亲也喝不动酒了，再然后，父亲也走了。那把在家里用了许多年的锡酒壶，也已不知失落于何时何地。壶中岁月长，那把酒壶曾盛装了多少繁盛的日子，又倾泻了多少生活的滋味，也许，只有它自己知道，或者，回忆知道。

是的，回忆，人到中年，回忆便无所不在。几乎每一天，总有一些事物，或者一些心情，触动遥远的往事。我并没有像爷爷和父亲当年那般，每日一壶老酒，可是在偶尔的小饮中，面对窗外的陌生，依然能感受到沧桑的意味。故乡已遥远，故园也早已面目全非，总是想象，如果在曾经的那个家里，在日暮黄昏，我盘坐在炕上，面对一壶老酒，面对如旧年光，又会是怎样的一种心情。

　　酒和年光一直都在，抑或回忆如酒，我心如壶，在某种心情的温度里，沸腾出让人不断流连反复回味的香气。那么就醉了吧，醉在这人世的情怀里，醉在此生的幸福里。幸福，或许就是那样的时刻，那一壶酒，那一张笑脸，那一些话语，那一种心情。